埋門《うずみもん》

森岡久元

澪標

目次

装幀——森本良成

中橋稲荷の由来

江戸時代の面白い捕り物や裁判記録を渉猟していて、この一件に逢着した。御番所へ訴え出たのは四谷太宗寺門前五人組持ち店《だな》に住む勝蔵という五十六歳の男で、訴えられたのは住吉町裏河岸に住む紺屋家業の善兵衛だった。

御番所とは江戸町奉行所のことで、南町奉行が月番に当たり、担当の吟味与力は中田新太郎と言った。訴状の日付は弘化元年十二月十七日となっているから、西暦では一八四四年である。その年は天保十五年に当たるのだが、十二月十日に改元されて弘化となっている。

時の南町奉行は跡部能登守良弼《のとのかみよしすけ》である。跡部といえば、その実兄が天保の改革で知られる老中水野忠邦であり、水野というと、彼が重用した鳥居《とりい》甲斐守《かいのかみ》耀蔵《ようぞう》のことが思い出される。

　水野に罷免された鳥居の後釜に座ったのが、実弟の跡部ということになる。

鳥居甲斐守というと、洋学者を弾圧した蛮社の獄であり、《妖怪》と綽名されて忌み嫌われたことは知られている。それは鳥居甲斐守耀蔵の「耀」と「甲斐」の語呂合わせで「妖怪」の綽名がつけられたものらしい。

　だが江戸庶民から蛇蝎のごとくに嫌われたというのは、なにも蛮社の獄によるものではない。庶民にとって洋学がどうなろうと構ったことではないからだ。嫌われたわけは、水野が天保十二年に開始した倹約令（奢侈禁止令）の実施に当たり、南町奉行となった鳥居甲斐守が、冷徹で容赦のない取締りを行ったためである。

　物価高騰の対策として、水野忠邦は奢侈、贅沢を取り締まることにした。町奉行の鳥居耀蔵は同心や目明しを使って、江戸市中を監視させ、高価な料理、菓子、衣類、装飾品の取引を取り締まったばかりか、多数の隠密を放って違反を摘発、処罰した。そのあまりに冷酷で陰険なやり方に、庶民から怨嗟の声が上がったわけである。

　華美な祭礼は禁止したし、芝居小屋は江戸郊外の猿楽町へ移転させ、寄席のほとんどは閉鎖、岡場所の取締りなどと、庶民の娯楽はつぎつぎと制限された。

風紀紊乱の故をもって、歌舞伎は目の敵にされ、市川團十郎の江戸追放ほか徹底的に弾圧された。また物価を抑えるために物価統制をしたり、没落旗本や御家人たちの借金返済免除などの強引な政策によって、経済は混乱し、深刻な不況を招き、庶民生活に大きな負担を強いた。

そうした天保の改革の先頭に立ったのが町奉行の鳥居甲斐守であったから、江戸庶民に蛇蝎の如く嫌われ、妖怪と綽名されるほど憎まれた。

年表を調べてみると、忠邦が改革に失敗して、失脚したのが天保十四年九月であるが、意外にも、翌弘化元年六月には元の老中首座に復帰する。復帰した忠邦によって、彼を裏切った鳥居耀蔵は報復人事で南町奉行を解任され、替わりに実弟跡部良弼が就任したのが、同年の九月のことである。

鳥居は翌弘化二（一八四五）年の二月、肥後人吉藩主のもとへお預けの処分になる。そして同月同日、水野忠邦はまたも老中罷免となるのである。

跡部良弼であるが、兄の忠邦失脚が影響したかどうかは分からないものの、同年の三月に、南町奉行から御小姓組番頭へ異動しているから、南町奉行在任期間はわずか六ヶ月である。その短い在任期間中に、この不可思議な吟味があったことになる。

★

四谷太宗寺門前の勝蔵が日本橋長谷川町の角で、かねて知り合いの神田三島町の新次郎に出遇ったのが、ことの発端だった。弘化元年十一月六日のことである。

勝蔵は生国が信濃更級《さらしな》郡で五十六歳、辰信屋《たつしんや》という屋号で、手遊物渡世というから、玩具類の商売をしていたらしく、女房とり三十八歳とのあいだに、九歳の勝太郎と三歳の勝次郎という二人の子があった。年齢は数え年だから、下の勝次郎はまだ乳飲み子だった。子供の年齢からして、当時ではかなりの晩婚であり、それは所帯を持つまでの苦労を暗に物語っているとも言えよう。

とりは伊豆加茂郡の出で、眼に一丁字もないが、生来頑健で、晩婚ではあったが、所帯を持ってこのかた、病気には縁のない女だった。その女房とりが十月の下旬から血の道で、寝たり起きたりの病身となった。

新次郎との立ち話の中で、勝蔵は女房の病状を打ち明けた。

「最初医者は血の道だから、四、五日も寝ていたらよくなるだろうとの見立てだったのだが、このところ様子がおかしくなって、医者は《変病》だから手の施しようがないからと、薬も呉れなくなって、難渋しているところさ。こうして仕事で家をあけて出ていても、様子のおかしい女房が乳飲み子を抱いて、どうしているかと思うと、心配でならなくてさ」

「勝蔵さん、この先の住吉町裏河岸に、紺屋渡世をしている善兵衛という者がいましてね、なぁにいまも、わたしはそこへ寄っての帰りでさ。その善兵衛は元は御嶽山《おんたけさん》の先達《せんだつ》、つまり修験者でね、奇瑞の加持祈禱をして、災厄を除き、いかなる病魔であれ退散させると高い評判です。どうです、そのご祈禱を願ってみちゃあ」

新次郎は二十歳で、父親新吉の小間物屋の跡取り息子だったが、神信心に熱心で、勝蔵が彼と知り合いになったのも、四谷番衆町で、弘法大師直筆になると触れ込みの《白衣《びゃくえ》観世音》を拝観させている村松久右衛門のもとでのことであった。

「住吉町裏河岸なら、ここからいくらもない。新次郎さんや、いまからその修験者の家までつれていっておくれでないか。ご祈禱を申し込んでおきたいほどに」

「いまはあいにく留守でさ。わたしが明日にでも行って、ご祈禱を頼んでおきましょうから、いつ勝蔵さんのもとへまかり越すか、わたしからお知らせ申しますよ。番衆町の村松さんには、あれからもお参りですかい」

「今月の十九、二十日の両日が、《白衣観世音》開帳日なので、女房を連れて参詣してこようかと思ってますよ。医者が匙を投げたからには、神信心しか頼るものはないからさ」

「あの掛け物より、御嶽山先達のご祈禱の方が、よほどあらたかな霊験がありますよ。わたしは何度もご祈禱の場に立ち会って、霊験を目の当たりにしておりますから、この新次郎が生き証人というわけです」
「そりゃあ心丈夫だ。新次郎さん、お前さんからの知らせを待ってますよ」
「へえ、ほんの二、三日のご猶予を」
勝蔵と別れた新次郎は、三光稲荷のある新道へ、なにやらいそいそと折れていった。

ほんの二、三日の猶予を、と新次郎は言ったのだが、五日、十日と日が過ぎても音沙汰がない。そうこうしている中にも、女房とりは怪しいことを口走り、尋常でない振る舞いをすることが多くなり、まわりが辰信屋の女房は狂気したとか、狐がついたとか、やかましく取り沙汰するようになった。

勝蔵は十一月十九日、太宗寺門前町の隣町である四谷番衆町の村松久右衛門のもとを、病妻をつれて訪れた。村松家では弘法大師直筆として自家に伝わる《白衣観世音》菩薩像の掛け軸を、日を定めて拝観をゆるして、観音信仰するものを集めていた。

その日、村松家の座敷に集まった二十人余りの拝観者たちにたいして、主の久右衛門が《白衣観世音》の由来について講釈をはじめた時に、勝蔵の女房とりが何やらしきりに声高に口走ったから、一座は騒然となった。勝蔵が取り鎮めようとするが、とりは一層言いつのったので、勝蔵は女房の身体を抱えて退席しようとした。

　そのとき、久右衛門と昵懇にしている飯田八三郎という中年の武家が、とりの言動に不審を抱いて、

「勝蔵、お前の女房はどうなったのだ」

と呼びかけた。彼は伊賀小普請組飯田八太郎の父親で、いまは隠居の身だった。その屋敷は村松家と同じ番衆町にあった。

「ご勘弁くださりませ。女房は病気のため正気ではございません。ただいま退出いたします」

　勝蔵は恐懼して、とりを動かそうとするが、女房の身体は根が生えでもしたかのように微動だにしない。それればかりか、呼びかけた飯田に向かうと、居丈高に言い放った。

「われは勝蔵の女房にこれ無く、まことは白衣観音である。いま仮にとりの身体を借りて、病の因につき告げ知らす。とりの病気は生き霊の障《さわ》りが因にして、生き霊は明日にも立ち去る故に、病気全快は速きこと告げ知らす」

　そう告げると、とりはごく短い時間気を失った。ほどなくして気のついたとりは、正気に戻っていた。

「気分はいかがじゃな。なにか変わったことはないかな」

飯田の問いかけに、

「身体がやや重く感じることぐらいで、さして変わったこともございません」

まわりからの奇異な視線に戸惑いながら、とりは勝蔵の腕の中に隠れるようにして村松邸を立ち去ったのである。


飯田八三郎は、常々狐憑きや神がかりなどの憑依に深い関心を持っていたから、それから毎日、家の下男を辰信屋へやってとりの様子を問わせていた。

すると、とりはあれから数日は何事も無く、常の如く過ごしていたが、二十四日の朝になり、とりの右の肩先に怪物があらわれたのを藤蔵が見たというので、飯田は下男を従えると、出雲母里藩の屋敷塀伝いに表番衆町の通りへ出て、太宗寺門前町の辰信屋へと出向いた。

とりは掻巻を着て寝かされており、そばに二人の子供が女中に抱かれて座っていた。

飯田を出迎えた藤蔵が言うには、

「今朝は病人の気分がよく、水浴びをして身を清め、富士浅間を祭った神棚に、諸々の禍《まが》事《こと》、罪穢《つみけが》れを祓へ給へ、清め給へと申す事の由《よし》を、と唱えておりましたところ、ふと見ますと、女房の右の肩先に、何とも言いようのない気味の悪い怪物の頭があらわれたので、驚いて、そいつを捉えようとすると、身体の内へ隠れてしまいました。とりの全身をあらためてみると、右の手の甲が腫れだしています。さては、ここに怪物がひそんだものと思いましたから、近くの按摩を呼んできて、針を打たせました。

右の手の甲の腫れから、真っ黒い血がおびただしく流れ出たので、これで怪物は失せたかと思いきや、女房とは別人の男の声で、按摩を呪詛して追いはらい、手前をさんざんに罵って、そばにも寄せ付けません。せんかたなく、そのままにして置いたところ、いつのまにかご覧のように眠ってしまいました」

「それは面妖なことだ。女房の食事はどうじゃ。食事を受けつとけぬとか、普段食せぬものを食べるようになったとか、異変はないか」

「いいえ、普段となんら変わりはございません。飯を食わねば、乳の出にさわるからと、しっかり食べておりますよ」

二人が話しながら見守っているうちに、掻巻のままに、病人が身を起こした。

「とり、眼がさめたか。それ、番衆町の飯田さまが、お前を案じてお見舞い下されたぞ。ごあいさつせぬか」

とりは細めた眼の奥から、冷たい視線を飯田に送ると、口をきかず、見下したような表情をしてみせた。それを見ると、飯田は即座に態度を改め、いかめしい顔つきで訊問した。

「そなた、十九日に、村松家での拝観の席で、白衣観音が仮にのりうつり、なにかの生き霊が病の因をなしているものにして、生き霊は翌日にも立ち去るから、病気全快は速いと告げたであろう。あれより五日が過ぎたが、いまだ病人は全快していない。そなた、正真の観世音ならば、嘘偽りを申すはずがない。とりに取り憑いたお前、狐狸妖怪のたぐいに相違あるまい。正直に申せ」

　すると、じろりと飯田を横目で眺め、

「そう理詰めで責められては、かなわない。仔細を明かすとするか」

　と言った声は、ふてぶてしい男の声だった。

「先夜は白衣観世音の名を借りたが、われはまことは舟橋と号する狐である。住吉町裏河岸で紺屋渡世をする、元は御嶽山先達の善兵衛に召し使われているものだ。

　善兵衛は以前は正法の加持祈禱を行っていたが、数年前より狐を召し使って邪法の祈禱を行っている。十匹ほどの狐を手なずけて置き、祈禱を願ってくる先々へ、狐をつかわして病人に取り憑かせておいて、後から善兵衛が出かけ、祈禱をして、取り憑いた狐を連れ帰ることで、病気全快の奇瑞が顕れて見えることから、人々は善兵衛の祈禱を信仰し、あまたの謝礼をくれる、という筋書きさ」

「それでは、神田三島町の新次郎に頼んでおいた、あの祈禱師の善兵衛方からつかわされたというのか。あれより新次郎からは、なんの音沙汰もないので不審に思っていたが」

「まてまて、勝蔵。お前は女房に、善兵衛に祈禱を願ってあることを話していたのではないのか。とりが知っていたなら、狐の名を借りて、とりが話しているのじゃと言えぬでもないぞ」

飯田八三郎は、とりの語ることは、彼女の病んだ精神から出た妄想であることも疑っていたのである。

そんな勝蔵と飯田の会話など歯牙にも掛けず、病人は饒舌に続ける。

「このほど、両国米沢町に店をもつ、四つ目屋忠兵衛の後家が病気になり、善兵衛に祈禱を頼んできた。両国の四つ目屋といえば、張形や肥後ずいきなどの淫具で、大当たりをした商家だから、礼金もはずむに違いないと喜んで、早速善兵衛は、日頃目をかけていた、未熟者のフクという狐をつかわして、後家に取り憑くように命じたのだが、その翌日にはフクは戻ってきて、言うことには、四つ目屋の番頭が至って手堅い男で、御嶽山祈禱師については不思議なことがいろいろ噂されているから、軽はずみに信用してはなりません、などと主人を諌めて油断がないから、病人に乗り移る隙が見つからず、とうとう親方に叱られるのを覚悟で戻ってきたと弁解したものだ。

フクは善兵衛に胡麻をすって可愛がられてはいたが、元から意気地の無いやつで、善兵衛には狐を見る目がなかったのさ。

善兵衛はフクを役に立たぬやつだと叱りつけ、この舟橋に言うことには、フクに代わって米沢町へ行き、ただちに病人に乗り移れ、程よいころに善兵衛が行って祈禱の上、連れ帰ると、のたまうのさ。

この舟橋を見損なうべからずだ。客筋がいかに良かろうとも、傍輩のフクがすでに手をつけた所へ、のこのこ参るような舟橋ではない。初手から頼まれていたなら、岩をも貫く強い覚悟をもって、いかなる障碍があろうと、使命を果たす舟橋ながら、この儀は御免蒙ると、きっぱりと断ったのさ。

われが御免蒙ったには、ほかにもわけはある。そもそも、われが四年以前に善兵衛のもとに来たのは、正一位の位を受けてくれるから、正法の加持祈禱の手伝いをしてくれという善兵衛のたっての願いによるものである。あくどい金儲けの邪法に荷担するのはわが本意ではないのだ。

いまだに正一位の位を受けてくれる約束は果たさぬばかりか、邪法はやめて狐たちには暇をとらせ、正法へ戻れと、ちかごろわれは善兵衛に意見をしていたから、この際、重ねて意見するかわりに、先の理屈で御免蒙ったという次第さ。

善兵衛は白眼をむいて怒ったものの、この舟橋の道理に抗弁もならず、それよりわれに遺恨を含んでいたとみえたが、当月七日の夜、善兵衛から四谷辰信屋勝蔵方に行き、女房に乗り移るように命じられた。

二十日には善兵衛が辰信屋へ参り、祈禱して後に連れ帰るという約束であったから、われは十九日の村松家では白衣観世音の名を借りて、翌日にも立ち去ると公言したが、今日になっても善兵衛から沙汰無く、さては四つ目屋の遺恨をもって、われをここに留め置いて、難儀を致させる善兵衛の魂胆だと分かった。いかにも善兵衛の不実な致し方だから、われも善兵衛を恨み、いきどおりに耐え難いのだ」

「舟橋よ、そのように善兵衛の不実を恨み、いきどおるのであれば、ただちに病人から去って、善兵衛との縁を絶てばよいのではないか。どうじゃ」

舟橋の長広舌を辛抱強く聞いていた飯田八三郎が、鋭く切り込んだ。すると病人は、人間の無知を哀れむごとく、鼻先で嘲笑う。

「御嶽山先達善兵衛の命で取り憑いたからには、善兵衛が参って祈禱の上で、われを連れ帰る以外に、自ら立ち退き、帰る方法はないのだ」

「そういうことなら、これより神田三島町の新次郎のもとへ行き、それより新次郎と共に住吉町裏河岸の善兵衛方へ参って、これまでの仔細は話さずにおいて、ただ女房の病気が重くなるばかりで難儀しているので、今夜にでも祈禱に出向いて欲しいと頼んで参りましよう」

と飯田に話しかける勝蔵へ、舟橋と名乗る病人は、ただ冷たい一瞥をくれた。

飯田は右手で自らの膝をしっかりとつかみながら、また問うた。

「舟橋よ、お前の号は、何時、誰がつけたものか」

飯田は病人のとりが、いかにして舟橋の名を思いついたか疑ったのである。

「下総《しもうさ》八幡《やわた》より東へ十丁ばかりの所に古い祠があったが、あたりいったいが藪でな、わが住処《すみか》にしていたところ、小便をひっかけた不心得者の土地の小娘がいたから、いましめに取り憑いてやると、舟橋大明神と口走って村々を走り回るようになり、それより祠が舟橋大明神と呼ばれて祭られるようになったのが、わが号舟橋の由来である」

「その古い祠が創建された年代は何時のことか」

「せんさく好きなやつだな。近くの八幡の藪知らずの起こりと同じ頃ではあるが、年号は知らぬ。四年前の七月、江戸から善兵衛がはるばる訪ねてきて、正一位の位を受けて遣わすから、加持祈禱に助力してくれと頼みに参ったのだ。まさか、ただの強欲のため邪法をもっぱらにする悪人であろうとは、この舟橋はまんまとたばかられたぞ」

と言い終わると、病人はくたくたと前のめりに倒れ伏した。

驚いて勝蔵が、病人の額を濡れ手拭いで冷やすやら介抱をした。ややあって、正気づいた病人は、搔巻を脱ぎ、寝間着の襟を開くと、そばで腹を空かして泣きはじめた下の子を、女中の手から抱き取って、乳を飲ませはじめたのである。

「これは驚いた」

何事もない様子で子に乳を与えるとりを、しばらく見守ってから飯田が訊いた。

「勝蔵、お前の女房は下総《しもうさ》の八幡《やわた》に知り人でもあったか」

「とんでもない。とりは伊豆の在から江戸へ女中奉公に出てきた女で、本所から東へは行ったこともありません。ましてや、八幡の藪知らずとかが、何のことやら聞いたことも無いはずですよ」

「さようならば、狐憑きと考えねばなるまいか。善兵衛という祈禱師を問い詰めてみるしか手はなさそうだな」

「さっそく、新次郎ともども、善兵衛のもとへ行って参りますよ」

と言いながら、勝次郎に乳を飲ませる女房の姿を心配そうに眺めた。

それからすぐに、勝蔵は神田三島町の新次郎方へ行くと、新次郎に案内させて、住吉町裏河岸の善兵衛を訪ねたのである。善兵衛が言うには、祈禱の依頼が立て込んでいて、先約順に祈禱をいたしているから遅くなったが、明後二十六日の夜には勝蔵方へ参ると約束した。

二十六日の夜、六ツ刻（午後六時）に、新次郎が先導して、善兵衛並びに茂吉、庄三郎の四人が四谷の勝蔵宅を訪れた。

茂吉は甚左衛門町の左官職人、庄三郎は住吉町の家主で石灰屋をしていた。かれらは先達善兵衛の付き人であり、善兵衛の祈禱を手伝った。

四人は持参した白衣に着替えると、先達の善兵衛が御嶽山の方角に向かって祈禱をはじめた。その祈禱により、中座《ちゅうざ》をつとめる者が神がかりして、中座の身体を通じて神霊の意思を伝え、加持を頂くという神事をとり行った。

やがて、神がかりした中座の庄三郎が立ち上がって、瞑目したままに、御幣を振り立てて、病人に告げた。

「われは清瀧不動《せいろうふどう》なり。病人は狂気の様子にあい見え候あいだ、取り鎮め申す」

「狂気はいたしておらぬ。おれは狐だ」

病人が大声でわめいた。

「病人は狂気いたしておるによって、亭主勝蔵に申し聞かす。今日より向こう十七日の間、祈禱いたし候わば、狂気は平癒いたす。信心いたせ」

病人はせせら笑って言った。

「おれは狐だと言っておる。十七日も祈禱するのでは病人が難渋するぞ。ただちに狐のおれを落とせば、病気全快するではないか」

「病人が申すとおり、すみやかに平癒させてくださりませ」

と勝蔵が先達の善兵衛に向かい手を合わせ、こいねがった。中座の庄三郎が脱力した様子にて座る。どうやら清瀧不動が退いた気配である。

善兵衛は再び大音声で祈禱して、瞑目している庄三郎に神がかりさせる。庄三郎はまた立ち上がって、御幣を振り立てると、病人へ告げた。

「われは木花咲耶姫《このはなさくやひめ》なり。この家は日頃富士浅間を信仰するし、その熱心は十七日の祈禱にあたいする。よって、信心の利益《りやく》あり。善兵衛に煎薬の調合をしたためさせる。その薬を用いれば、日々一枚紙をはぐがごとく快癒いたすであろう」

祈禱は終わりとなり、善兵衛は煎薬の調合をしたためた紙片を勝蔵に与えた。

「狐のおれをこのままにして、下剤の煎薬を処方しても、病気は快癒するものか」

病人が浴びせかける悪口を背にしながら、善兵衛たち四人は白衣を着替えて、帰り支度をはじめた。

「先達さま、引き続いてご祈禱を頂きとうございます。次回は何時お願いできましょうや。また、本日の謝礼につきましてはどのように致せばよろしゅうございましょうや」

「祈禱の依頼が所々より参り、立て込んでおりますほどに、即答は致しかねます。また新次郎よりお知らせ致しましょう。謝礼の儀は、なにとぞお心のままに」

善兵衛とその一行は、そそくさと帰って行ったのである。

勝蔵の家には連日のように来訪者があった。かれらの多くは病気見舞いを装っていたが、実は、とりに憑依した狐の舟橋の言説を聞きたいがためだった。

勝蔵が住まう四谷太宗寺門前町の家主達や町年寄も、町役人のつとめだと言いながら、入れ替わり立ち替わりして、辰信屋へ立ち寄るのも、見舞客同様に、多くは不思議な舟橋の話に惹かれてきたものである。

町年寄の徳右衛門は、二日に一度は辰信屋を訪れた。徳右衛門も、堀田八三郎と同様、舟橋がいかにして下総八幡から善兵衛のもとにやってきたか、善兵衛が強欲のため邪法による狐遣いをすることを止めるよう諫めたことで、相互に遺恨が生じたこと、そのため病人を苦しめる羽目となって心苦しい、と語るのを聞いて、

「善悪をわきまえたる話にて、町役人として感服する。そこまで道理をわきまえたそなた、遺恨もあるであろうが、ここはひとまず善兵衛と和議をなし、病人の身体から離れて、その後、もはや善兵衛方へ帰ることができぬとなら、どこか身の置き場所について考えねば

なるまい。なにか考えることがあれば、聞かせてもらいたい」

と舟橋に同情までするのだった。

「わが身体は善兵衛のもとに秘匿されており、いまは魂気ばかりである。病人から離れたとすると、空中をさまようばかりで寄る辺のない身分である。よんどころなく、人体を借りて魂気をやすめるほかはない。しかしながら、わがために稲荷の小社が祭られたなら、そこへ魂気はとどまることができる。

願わくば、ご町内に小社をお祭り下されば、ご町内隣町までの安全を守りまする。のちのち功を立てることがあれば、妻恋稲荷神社より正一位の位を受けてくださるなら、わが年来の心願がかないまする。下総八幡から、邪法の善兵衛にたばかられ、この江戸で寄辺なく難渋する苦衷、お察しくだされ」

と病人は両手をついて、徳右衛門、勝蔵ほか一同に、うやうやしく平伏した。

「舟橋よ、勝蔵女房が無事に回復すれば、町内の良い場所に舟橋稲荷の祠を祭り、町内無事平安のしるしが見えたなら、妻恋稲荷から正一位を勧請してまいろうほどに、安心いたすがよい」

と町年寄が言うと、あれうれしやと、驚いたことに病人は筆と紙を求め、歌をしたためたのである。

舟をこへ橋をこへきてむさしのの
　　じひとなさけをうけしうれしさ

だれより驚いたのは亭主の勝蔵だった。眼に一丁字も無い女房のとりが、金釘流とはいえ文字を書いたその上に、歌までよんだことである。

「舟橋よ、町役人ご一同が祠を建てると約束くだされたからには、かならず建つほどに、すぐにも、女房から離れてくれぬか」

　道理の通る相手に見えたから、勝蔵はこの機を逃すまいと、詰め寄った。

「亭主、われが今離れたら、善兵衛は別の狐を遣わしてくるぞ。われが立ち去った後に、善兵衛の悪道にどっぷり浸かりきった狐が憑いたら、病人の生命の保証はないぞ。われが憑いているかぎりは、守護する。われが守護するあいだに、今一度善兵衛を呼び寄せて祈禱させるがよい。ひとたび病人が全快すれば、もう善兵衛の邪法をもってしても、狐を憑けることはできぬ。

　亭主、われが言葉は空言《そらごと》ではないぞ。われが女房を守護しているしるしがある。病人は病みついてより、およそ四十日もわずらっていながら、小児にのませる乳はたくさんに出ている。それは舟橋が病人を守護しているしるしである」

これには勝蔵と町役人たちも、互いに顔を見合わせて肯きあった。

十二月六日、辰信屋の勝蔵は、飯田八三郎に同道を願って、二人で住吉町裏河岸の善兵衛方へ参り、面談を申し入れた。

先夜勝蔵の家で祈禱をしてもらった折りに、飯田は他出していたため同席できず、善兵衛たちが病人の憑きものを落とすことなく帰ったことを聞いて、かれらの法力について不審を抱いたから、この日は勝蔵の願いに応じて同行したものである。

勝蔵は女房とりの口を借りて狐が、病人から立ち去るための祈禱を善兵衛にしてもらえば立ち去る、と明言しているから、今夜もう一度祈禱して欲しいと申し入れた。

善兵衛は迷惑顔をして、祈禱の申し込みが立て込んでいて、すぐには出かけにくいと返答した。

飯田が訊いた。

「こちらでは、どのようにして悪霊の除霊をなされるのか承りとうござる」

「先達が祈禱によって、中座《ちゆうざ》の身体に降臨した御嶽山の神霊の言葉にしたがって除霊します」

「中座に憑いた神霊は、御山に帰るよう祈禱すれば、直ちに離れて帰るものか」

「直ちにお帰りになります」

「狐憑きの狐も、病者から離れて、もとの場所へ帰すことはできますか」

「できます」

「神霊のように、帰るように祈禱すれば、帰るということか」

「神霊と狐憑きとは本質が異なります。中座に降臨した神霊の威力、威令によって立ち退かせます」

「勝蔵女房に憑依した狐は、其の方の祈禱があれば立ち退くと申しているが、立ち退かせる呪法を承知いたしておられるか」

「神霊の霊力で狐憑きは落とせます」

「重ねて訊ねるが、病人から狐を立ち退かせられますか」

「できまする」

「できぬ場合は、いかが致す」

「できまする。できぬ場合は、いかようにもなされてくだされ」

と、善兵衛は大見得を切った。飯田八三郎の巧みな誘導尋問によって、善兵衛は逃げ口上が言えなくなり、これよりすぐに病人を救済してくれという勝蔵の要請に応じて、善兵衛は石灰屋の庄三郎と、途中で呼び出した三島町の新次郎ともども、四谷の勝蔵宅へと参上のはこびとなった。

勝蔵宅には町年寄の徳右衛門をはじめ町名主、家主たち町役人が詰めかけており、掻巻を着た病人のとりを囲んで、先達善兵衛の祈禱を見守った。

善兵衛の大音声の祈禱によって、中座の庄三郎が神がかりした。中座は立ち上がると、御幣を振り立てて、とりに告げた。

「われは、御嶽山普寛《ふがん》行者《ぎょうじゃ》なり。いま天下って、病人のため三十三日間の祈禱を致すによって、平癒いたすであろう。信心いたせ」

「このような暮らしでは、三十三日どころか、十七日のご祈禱も難渋します。なにとぞ、御利益をもって、憑き物をすみやかに落としてくださりませ」

と病人は手を合わせた。善兵衛の祈禱があって、普寛行者が退いた気配がすると、中座が告げた。

「成田不動尊下りたまえ。三十三日の祈禱致せば、一枚紙はぐようにして全快いたす」

「すみやかに憑き物を落としてくださりませ」

と病人が祈願した。

このありさまを見ていた飯田が、善兵衛に憤然として言った。

「いかにも怪しい祈禱ではないか。善兵衛、神々を招来するばかりで、何故病人が願うように憑き物を落としてはやらぬのだ。さきほど、病人から狐を立ち退かせる法を承知していると明言したであろうが。いまさら、できぬとは申すまいな」

「できまする」

「できぬ場合には、いかようにもしろと申したこと、忘れはすまいな」

「忘れはいたしませせぬ」

「できぬ時には、其の方の身分二つにするがよいな」

飯田は腰に差した脇差しを、左手でたたいて見せた。飯田の殺気のこもった態度を見て、斬り殺されては大変と、善兵衛とあとの二人も、一段と大音声で、一心不乱に祈禱した。

そうして時が経ったが、病人から狐が離れたようすはなく、祈禱師たちは疲労困憊して、やがて祈禱の声も弱々しくなり、ひとかたまりとなって、座り込んだ。

飯田は、身を縮めて控えている善兵衛に、

「さあ、狐を、其の方のもとへ連れ帰れ。よいか」

善兵衛は恐懼して床に額を押しつけ、平伏したまま声が出ない。中座をつとめた庄三郎と手伝いの新次郎もまた、平伏したまま、どうなることかと固唾を呑んでいる。

すると、病人がすっと起き上がって、善兵衛の前に立ったのである。

「われは舟橋である。善兵衛、其の方は、飯田氏に邪法を見破られ、身の浮沈にかかわる窮地にたたされておる。身から出た錆とはいえ、舟橋も因縁あって、八幡の祠から招かれて、四年のあいだ、親方として厄介になった恩義はある。

今後は邪法から足を洗い、正業の渡世一途にはげめ。改心して正業にはげむと誓うなら、この場は穏便におさめてもらえるよう、飯田氏ほかご一同に取りはからってつかわす」

善兵衛はがたがたと震えながら、

「舟橋大明神へ申し上げますする。ただいまの御さとしに、これまでの悪い夢から目が覚めた心地にございますする。これよりは心を改め、紺屋渡世一途に仕りますゆえ、これまでのことはなにとぞ穏便にお取りはからいくださりませ」

と息も絶え絶えになって、必死に詫びた。

「善兵衛、そのように改心して、詫びるのなら、身分二つにするとは申すまい。狐を連れ帰れ。よいな」

飯田が善兵衛を取り詰めた。

「祈禱をやめると、只今誓言したばかりで、いまの善兵衛には、法力が不足でございます」

「では、明日改めて引き取りに参るか」

「参りまする」

「引き取った後に、病人が全快するまで、毎日見舞いにも参るか」

「参ります」

「きっとであろうな」

「きっと参りまする」

平伏して震えるばかりで、自ら立ち上がることもできない善兵衛を、庄三郎と新次郎が両側から抱えるようにして、町駕籠に押し込んで、ほうほうの態で、彼ら三人は帰っていった。


翌日、勝蔵宅では徳右衛門たち町役人が待機していたが、狐を引き取りに来る約束をした善兵衛は現れなかった。夜になって、町役人たちが引き上げた後のこと、病人のとりが、

「胸騒ぎがして、おそろしい」

と不安がるから、勝蔵が抱いてやると、彼女の右肩から腕がはげしく痙攣しはじめた。

「われは舟橋である。おまえは誰だ」

つぎに左の腕が痙攣した。

「われは中橋《なかばし》狐だ。おまえの傍輩《ほうばい》だ」

男の声ではあるが、舟橋とは異なる甲高い声だった。かれら二体の狐が問答するのを、

勝蔵は困惑と恐怖を覚えながら聞くことになった。

「中橋が何用だ」

「てめえ舟橋、町役人が正一位の位を受けて舟橋稲荷に祭ってくれようとの甘い話に乗って、養い育ててくれた親方の恩を忘れ、満座の中で親方を、いかさまの祈禱師呼ばわりさせるとは、八幡《やわた》の田舎狐の腰抜け野郎だと、あざけって済ませるだけではいかぬ、不忠ものめが」

「悪人の親方への恩より重たいものがあるのだ。それが善道だと気づいたから、親方にも邪法をやめて、正業一途につかまつれと説諭したのだ。

考えても見ろ。中橋よ、風俗を乱すとして、歌舞伎の上演が禁止になったり、許されたとて、その内容は歌舞伎、寄席から絵草紙、錦絵、人情本、合巻にいたるまで、勧善懲悪でなくてはならない、ご改革の御時世だぞ。もはや悪道善兵衛の命運が尽きる時節が到来したのだ。中橋、おまえも改心して善道に立ち返れ」

「悪道だ、善道だと人聞きのよいことをいうな。田舎出のくされ儒者の真似事はよしやがれ。花のお江戸じゃあ流行らねい。世迷いごとは、八幡の藪の中へ行って講釈するがいいや。おれは、おれを見込んで親方に頼まれたことを、やり通すまでのことだ」

「善兵衛が何を命じたか、見当がつかぬではないが、中橋、おまえがなにをやろうというのか、真っ直ぐに言ってみろ」
「飯田という武家の隠居の仕方が、どうでも許し難いので、親方は飯田に取り憑かせるため、宿もとに居残っていた狐どもをつれて昨晩辰信屋へ乗り込んだのだが、肝心要のところを飯田のやつに押さえられて、狐どもは取り憑くことができず、おまえの妨害もあって、すべて不都合にあいなった。

飯田に乗り移れなかった狐どもは、役立たずで憎い奴らだと、親方は叱りつけ、飯田が病人から狐を落とさぬその時には斬り捨てると恫喝するなら、たとえ取り憑いた舟橋が邪魔だてしようとも、どうでも病人を取り殺すしかない、さて、頼りになるのは中橋、おまえばかりになった、この役目果たしてくれるか、と親方がいうから、おれがこの役つとめましょう、きっと病人を取り殺してきますから、安堵なさるべし、と申すと、よくぞ申した、それでこそ忠義の道にかなう、つとめを果たせば、中橋に正一位の位を受けて遣わし、舟橋の鼻を明かしてやろうと約束ができたのだ。

辰信屋に来てみれば、ちょうど町役人たちが引き上げるところだ。おれは病人の左の肩に取り憑いて、舟橋、おまえを出し抜いて、病人を取り殺すべく、手立てを尽くすばかりだわい」
「飯田氏に邪法を見破られた腹いせに、意地で病人を殺すと申すは、それこそ横道《おうどう》ではないか。どんなに付け狙おうとも、この舟橋が病人守護するうちは、おまえの自由にはさせぬ」

「おれたちが病人に取り憑いて、激しく攻防をすればするほど、病人の身体は衰弱一途だ。さてさて、病人にも、亭主勝蔵にも気の毒な事よ」

と嘲笑う。そうするうちにも、夜が明けた。


病人を取り殺すため、中橋という狐が送り込まれたと聞いた飯田八三郎は、

「善兵衛が改心したと見て帰したのは、われらの手落ちであった。どうでも取り押さえ、首に縄をつけてでも辰信屋へ連れ戻さねば、らちは明かぬぞ」

と勝蔵と共に善兵衛宅へ出向いた。善兵衛の姿がなく、祈禱で中座をつとめた家主の庄三郎のもとへ行ってみると、左官の茂吉ともども、

「あれから、善兵衛は家を留守にして、行方が知れませぬ。戻り次第に、われらも辰信屋さんへ参るつもりにしておりますが、善兵衛が留守ではどうにもならず、困惑しておりますところで」

と逃げ口上を言うばかりである。

「もはや、その手は食わぬ。町名主は誰じゃ、善兵衛の借家請け人は誰じゃ。ここへ呼ん

で参れ」

飯田のあまりの剣幕にうろたえて、駆けだしていった庄三郎が、しばらくして善兵衛の身元保証人である甚左衛門町治助店の安五郎という者を連れて戻った。

「善兵衛は辰信屋さんから戻ってから、大層おびえて、物陰に隠れて震えっぱなしでございます。どちらさまにも面談できる状態に、これなく、ご勘弁願います」

飯田と勝蔵は、これまでの経緯を改めて説明し、

「狐を引き取ると約束しておきながら、身を隠すとは言語道断。この席に善兵衛を連れて参れ。それとも、善兵衛がひそんでいる家へ案内いたせ」

「飯田さま、善兵衛の祈禱に、効験がすぐに見えぬからとて、お手討ちになさろうとは、ご無体でございましょう」

「手打ちにするなどと申しはせぬぞ。祈禱によって、病人から狐を離す呪法を承知している、できぬ場合にはいかようにもしろと、自らの霊力を誇ったのは善兵衛であるぞ。この飯田が無理無体を仕掛けているような申しよう、言い掛かりにもほどがある。病気快癒の祈禱をなす者が、取り殺されると恐れる病人を捨て置いて、姿を見せぬとは、許し難い」

「飯田さま、もはや容易ならざる儀にございますれば、御番所へお訴えをして、双方の言い分を御詮議いただくしか道はないようです」

「なんと、御番所へ訴えるだと。それは当方の勝蔵が申すべき言葉であろうが」

飯田と勝蔵は憤然として立ち去り、辰信屋へ戻ると、町役人たちを呼び集めて協議すると、先手を打って、善兵衛を町奉行所へ訴え出ることにしたのである。


弘化元年十二月十五日、勝蔵は町役人徳右衛門ともども、月番の南町奉行所へ訴え出た。それは数寄屋橋御門内にあった。徳右衛門は羽織袴で、勝蔵は羽織を着て、仕来り通りに草履ばきで足袋ははいていない。奉行所では、吟味方与力の下役同心が、まず対応した。

勝蔵たちは、十一月六日に神田三島町の新次郎に出会い、病気の女房とりについて相談したところ、元御嶽山先達であった善兵衛を紹介されたことから話をはじめ、狐の舟橋のみならず、中橋までが取り憑いて、取り殺される恐れがある上、狐を使った善兵衛は不実にも逃げ隠れして、このままでは病人の存命の程もはかり難く、難渋していると、これまでのいきさつを詳しく訴えた。

右の始末取調《しまつとりしらべ》を行った吟味方下役同心から、この事案は、逃げ隠れしている善兵衛を召し捕らねば、お裁きがなり難い、よって、民事の御詮議ではなく、刑事の吟味扱いになるから、さよう心得て訴状を書け、と申し聞かされた。

十二月十七日、勝蔵ならびに徳右衛門は、《恐れ乍ら書附を以て御訴え申し上げ奉り候》

として、住吉町裏河岸紺屋渡世で御嶽山先達である善兵衛をお召し捕りの上、狐取り憑きの疑惑、不審を明らかにしてもらいたい、という訴状を持って、南町奉行所へ願い出た。

その一件は、吟味与力中田新太郎が御掛かりと決まる。訴人である勝蔵と徳右衛門は、吟味所で中田から、訴状の内容について改めて詳細にわたる吟味が行われた。

「追って番所から、御差紙《おさしがみ》を以て沙汰いたすが、病人のとりの出廷は不可欠である。駕籠《かご》手当《てあて》を許すから、かならず連れ参るように。とりが参らねば、舟橋と中橋の証言が取れぬ。よいな」

駕籠手当を許すとは、病人が駕籠に乗ったままで、出頭退出はもちろんのこと、吟味の場もそのままでよいという、特別な配慮である。

「へえ、きっと連れ参りまする。御訴えいたしました善兵衛の儀は、いかが相成りましょうや」

徳右衛門が訊ねた。

「善兵衛、茂吉、庄三郎、ならびに新次郎の四名は、召し捕って、とり及び舟橋、中橋と対決いたさせる所存だ」

「へへえっ」

と勝蔵は恐れ入って平伏した。

与力中田による吟味は、夜六ツ半（午後七時）過ぎになってようやく終わり、勝蔵たちは引き取ったのである。

翌十八日、町役人徳右衛門のもとへ、南町奉行跡部能登守名義の御差紙が届き、徳右衛門、勝蔵、とりに対して、十九日五ツ半（午前九時）に出頭するようにとのお達しがあった。

十九日、指定刻限に、南町奉行所へ勝蔵たちが出頭すると、御白洲の外側にある公事人《くじにん》溜まりへ通され、そこで控えさせられた。とりは町駕籠に乗ったままで許された。

半刻ばかり、人改めほか手続きをして後、吟味所へ通されたが、そこには前日のうちに召し捕られた善兵衛ほか三名の者が、縄付きで差し控えさせられていた。

四ツ（午前十時）になり、与力中田新太郎の出座があって、訴人側からの申し立て及び、善兵衛による罪状認否が行われ、この不可思議な狐憑き裁判が開始となったのである。

その年、南町奉行跡部能登守良弼《あとべのとのかみよしすけ》は四十五歳である。彼が江戸城中から下城し、奉行所へ戻ってきたのは八ツ半（午後三時）前だった。

十二月は南町奉行の月番となっていたから、朝四ツのお太鼓前に登城して、まずは竹の間において老中方に伺候する。さまざまな案件に関する新たな伺書《うかがいしょ》を提出し、すでに決済された伺書を受け取ると、老中と諸々の打ち合わせをこなし、八ツ（午後二時）に下城して奉行所に戻ると、民事、刑事の訴訟を処理吟味する、というのが日課であった。

跡部は鳥居甲斐守の後任として、九月に町奉行に着任したばかりだから、六月に老中首座に復帰していた兄の水野忠邦を、頼りにしていたのだが、首座とは名ばかりで、昔日の面影はなく、実権はすでに阿部伊勢守正弘の手に移っていたから、伺書の事務についても阿部正弘を通して決済を仰ぐ形になっていた。

老中の御用部屋にさがり、忠邦が良弼と二人になっても、御用向きの話題には、ぼんやりとした反応しか見せず、何かというと、天保改革で自分を裏切って、反対派の老中土井大炊頭利位《おおいのかみとしつら》に寝返った鳥居へ、報復する策を口にしては、良弼に人目を憚らせるのだった。

天保改革の失敗で老中御役御免になった忠邦が、まさかの九ヶ月で老中再任となって、帰任後真っ先にやった仕事というのが、鳥居の町奉行罷免だった。鳥居はその過酷な倹約、奢侈取締りによって、民衆の憎悪の的となっていたから、罷免は喝采をもって迎えられた。

民衆は鳥居に対して、さらに冷酷な報復を求めていると、忠邦は良弼にくどくどと言い聞かせるので、さすがに良弼も、複雑な思いが募るようになって、近頃では、決済のついた伺書が戻されると、忠邦と二人きりになるのを避けて、牧野備前守や堀大和守など穏健派の老中と雑談をして下城刻限を待つようになった。

さらに、忠邦の老中再任に反対だった阿部正弘たちが、ふたたび忠邦の御役御免に動いているらしいと耳にするから、実弟として自分まで連座させられぬよう、中立である姿勢を示すことも心がけていた。

浮かない気分で、奉行の用部屋に戻ってくると、内与力や吟味与力たちが、訴訟書類に加えて、伝馬町牢屋敷、養生所、火災消防、土木橋梁に関わる決済書類を積み上げて、待ち構えている。

「南北町奉行を月番交替にしてさえ、この仕事の量だ。公事訴訟は増加するばかりで、毎日深夜まで執務させられる。奥の役宅に戻っても、女どものくだくだしい話を聞く忍耐もないほどに、身体の芯まで疲れが残る。町奉行は激務のため在任中に死ぬ者が多い、と言われるのは、まことに真実だ。

番方与力たちも激務だと申すが、かれらは二日出勤、一日休みの待遇ではないか。奉行は休み無しだ。

悪名高かった鳥居甲斐守は、南町奉行と勘定奉行を二年近く兼帯していたのであるから、まるで化け物のような体力だったといえる。《妖怪》と綽名するとは、町人どもの眼力には恐れ入る」

跡部家から召し連れてきて、内与力を務めさせている菅野十五郎を相手に、いつもの愚痴をこぼす。

「殿、吟味与力中田新太郎が御掛りとなりました、例の狐憑きの一件、ただいま御白洲にて吟味中でございます。内吟味所の二の間から、お気晴らしに、吟味のもようをのぞいて御覧あそばしてはいかがでございますか。江戸町奉行所はじまって以来、前代未聞の狐憑きの裁きでございます」

「おおそうだ。忘れるところであった。中田から、とんでもない狐憑きの公事があるから見分するよう言われておる。甲斐守時代には、中田も諸色調《しょしきしらべ》掛《がかり》に任ぜられて、諸物価を調査し、奢侈品を商った商家を摘発をして、商品を封印するの、店の主人は手鎖の上、町内預りにするといった、気がふさぐような商家いじりの吟味ばかりで、このような、素頓狂な訴えはなかった、時代が変わった証左だと、中田のやつ、わしの顔色を窺いながら申しおってな」

「わが殿は世直し奉行だと、商家は喜んでおるそうでございます。奉行所内でも、与力、同心ども、詰まっていた息が通るようになったと申しております」

「わしが世直し奉行とな。菅野よ、言葉通りには受け取るまいぞ。江戸っ子連中の言葉には、きつい皮肉を含んでおるからの」

菅野は、跡部家では用人として、主人良弼の側近くでつとめていたから、主人の心境を忖度することにたけていた。

　良弼は鳥居耀蔵のあとを受けて町奉行に着任したが、それは微妙な立場だった。奢侈禁止令は緩和され、事実上廃止されたも同然ではあるが、忠邦が老中再任となって、良弼とすれば、改革を全否定することもならず、さりながら、実権を握る堀田正弘に憎まれては、跡部家の存続のためにならず、と悩ましい立場に立っているのである。

　世評が世直し奉行と囃し立てようとも、保身のためには、のらくらと、目立つような仕事ぶりは見せず、平穏無事に粛々と諸事を処理するのが上策であるが、それはそれで、屈託も多い日々なのである。

「殿さま、世評など気になさらず、平穏無事にお勤めなさるのが跡部家のお為でございます」

　と菅野十五郎は、主人の顔を見ながら腹の中でつぶやいた。

　思えば、七年前の天保八年、主人良弼は大坂東町奉行在任中、不幸にも、あの大塩平八郎の乱に遭遇している。

　あの年からさかのぼる数年間というもの、全国的な飢饉続きで、大坂でも米価の暴騰のため餓死者が出る騒ぎとなって、元町奉行所与力大塩平八郎が提案した救民策を採用せずにいたところ、町奉行は無策で無能だと大塩が非難、ついに大塩一派が暴発して乱に及んだから、主人良弼は鎮圧のため、手兵を率いて出馬した。乱は半日で鎮圧されたが、大塩方が打った大砲の音に馬が驚いて、良弼が落馬した。それを醜態だと、江戸表まで悪評され、民衆には跡部は無能で無策だとこきおろされたものだった。

「だが、水野越前守さまの御威光のお陰で、あれから後も、大目付、勘定奉行、江戸南町奉行と順調に栄進なされてきた。

　ひたすら平穏無事におつとめなされてくださりませ。人は、何かを為すから評価されるのではございません。その地位をこそ評価されるのです」

　と良弼の浮かぬ顔色をみるたびに、菅野は腹中で、助言しているのである。

「菅野、決済書類を見るのは、また夜なべ仕事にすることとして、狐憑きの裁きを見分して参ろうぞ。そちは、のぞいて参ったか」

「吟味所での申し立ての場を見て参りました。まず最初に訴人の勝蔵による申し立てからはじまり、ついで、駕籠手当を許された病人で、とりと申す女に、それは勝蔵の女房でございますが、与力の中田が、狐憑きの始末を申し立てよ、と命じますと、驚いたことに、とりに乗り移っております舟橋と名乗る狐が、取調書にある通りに始末を整然と申し立てるではございませんか。その言語正しき申し立ては、とても無筆の病気女のものとは思えず、舟橋はとりとは別の人格に思えてなりません。まことに奇妙至極。

つぎに、中田が善兵衛に、善兵衛方から訴えられた罪状認否をもとめると、病人に取り憑いた狐は自分には関わりのないことだと否認しました。善兵衛の祈禱仲間の者たちも、狐憑きについては、知らぬと申し立てました。

それで一同に、公事人溜《くじにんた》まりへ退いて控えるように申し渡して、午前の吟味は終了いたしました。八ツからは、勝蔵、とり、善兵衛の三名を御白洲へ召し出して吟味をいたしておるはずです」

「かなり吟味は進行した頃合いであろう。どれ、様子を見て参ろう。菅野も参れ」

御白洲は民事訴訟の裁判を行う与力の白洲と、刑事事件の公事を裁く奉行の白洲とがあった。二つの白洲は公事人溜まりによって仕切られていた。

刑事事件であっても、吟味与力が審理、裁判を行った。奉行が裁きを行うのは、重罪犯で死罪、獄門といった判決が想定される事件に限られていたのである。

跡部と菅野の二人は吟味所二の間に入って、横合いから白洲を見た。奉行が臨席したことに気づいて、吟味中の与力中田、二人の見習与力、書物同心、白洲に控える二人の蹲《つくば》い同心たちが、一斉に頭を下げた。

白洲には勝蔵、駕籠の中の女とり、縄付きの善兵衛と縄持ちの奉行所下男の姿があった。

どうやら吟味は佳境にさしかかっているらしい。勝蔵が善兵衛たちによる祈禱の様子をかくかくしかじかと詳細に証言し、飯田八三郎に問い詰められて、善兵衛が病人から狐を立ち退かせる法を承知している、狐を立ち退かせることができぬときには、いかようにもしろと強弁したことを証言している最中だった。

突然、駕籠の中から男の声がした。

「勝蔵に代わり、申し上げまする」

奉行の跡部が声のした駕籠の中に目を凝らすと、病気のとりであろう女が見えた。

「われは下総八幡において舟橋大明神として祭られた狐である。いまより四年以前、御嶽山先達なる善兵衛が江戸より訪ね参って、正一位の位を受け遣わすによって、加持祈禱の手助けをしてくれまいかと頼み申すに……」

「黙れ」

と大喝したのは、吟味与力の中田新太郎だった。

「おのれ、畜生の分際にて、天下の御番所にてものを言うべきいわれはないぞ。ふとどきものめが」

中田のその怒声が駕籠の中の者を震撼させた。病女とりの姿をした舟橋は、駕籠から転がり出ると、髪をふり乱して仰向けに打ち倒れた。着物が乱れて、青白い脚がむきだしになった。肉体が女のものであることに、見る者たちはいまさらながら驚きを感じたのである。ついで、舟橋は白洲の砂利を蹴立てながらこけつまろびつしながら、善兵衛の側へと近寄ると、すっくと起ち上がった。

「この舟橋が言うべき事も言えずに、このあさましい姿、無念残念だ」

舟橋は白眼をむいた恐ろしげな形相をして、善兵衛の着物の袖をつかんで、

「善兵衛よ、われを連れて帰れ」

善兵衛は正座した膝をくずして、後退りしながら、

「おれは、おまえなぞ知らぬ」

と吐き捨てるように言った。

「天下の御白洲へ引き出されたからには、もはや逃げ口上はきかぬ。よこしまなる祈禱で諸人を惑わし、悩ましたる罪を認めて、われを連れ帰れ」

「おまえのことなど知るものか。おまえを憑けた者のもとへ行け」

善兵衛はつかまれた袖を引き離して、舟橋を突き倒した。

舟橋は砂利の上に、もんどり打って倒れ、着物の裾を乱したままで、しばらく荒い息をしていたが、緩慢に起きて、正面に向かって平伏した。

与力の中田が威厳を込めて言い放った。

「舟橋よ、善兵衛のもとへ帰れ。奉行所の御威光は、わが国の海山、川水の底にまで及ん

で、意のままにいたす。その奉行所が申し付ける。舟橋を憑けた者が善兵衛であるならば、憑けた善兵衛のもとへ帰れ、よいな」

「わたしの身体がございません」

「そなたの身体は善兵衛方にある。しかる上は、善兵衛方へ帰れ。さあ返答いたせ」

中田は大音声で取り詰めた。舟橋は膝行して行くと、がばと善兵衛にしがみついた。

「これほどまでに、この舟橋を苦しめながら、おのれはまだ知らぬ存ぜぬと罪を逃れんとする極悪人め、ああ残念」

舟橋の全身は身もだえして震え、乱髪は逆立って、真っ青な形相はすさまじい。舟橋に乗りかかられた善兵衛は、恐怖のあまり金縛りになっている。

「それ、舟橋、善兵衛のもとへ行け、行かぬか」

中田の大喝に、舟橋の身体は激しく痙攣して、砂利の上に仰向けに転げて、そのままに気絶した。

「勝蔵、いま狐は落ちたぞ。病人を介抱して連れ帰るがよい」

「へへえ、ありがとう存じます」

勝蔵と町役人は、駕籠かきに手伝わせて、気を失っている病人を駕籠に乗せ、御白洲から引き下がった。継続吟味となった善兵衛たちは、追って沙汰あるまでとして牢屋敷送りとなり、本日の吟味は終了した。

　退出する奉行の跡部に、与力の中田や同心達が頭を下げた。

「中田の恫喝で、舟橋と名乗った狐が、ものの見事に落ちおったのう。まるで歌舞伎狂言を見るようで、面白い吟味を見分した」

「それにいたしましても、狐憑きの女は気絶は致しましたが、あれで狐が落ちたでございましょうか。あまりにあっけない決着で、物足りない気がいたします」

　内与力の菅野十五郎は首を傾げながら、主人の後に続いた。

「狐憑きの女は、名をとりと申したのう」

　跡部はとりという名前を頭の中で数回反芻した。とりから鳥居《とりい》甲斐《かい》守《のかみ》耀蔵《ようぞう》の顔が連想された。

「さようか。あっけなく落ちたと見えたが、一筋縄ではいかぬ相手ゆえ、このまま一件落着とするのは早計かも知れぬ」

　跡部の予感は当たったのである。


　その日、勝蔵たちは暮れ六ツ（午後六時）に御番所を出て、四谷の住まいに立ち戻った。道中病人は眠ったままであり、自宅でもおだやかに伏せっていた。

もはや狐は落ちたと安心した勝蔵が、世話になった町年寄の徳右衛門や町名主、家主たちに酒肴をふるまって、なごやかな酒宴となった。

夜の九ツ半（午前一時）になった頃、病人が起き上がって座ると、車座になっている町役人たちを眺め渡してから、

「喉が渇いた。湯が欲しい。病人にも湯をやってくれ」

と言った。

女房に取り憑いた狐は落ちたものと信じ切っていた勝蔵は、その声に衝撃を受け、口から言葉が出てこなかった。

「病人にも湯をやってくれだと。そう言うお前は誰だ」

口がきけない勝蔵に代わって徳右衛門が訊ねたのである。

「われは中橋なり」

「その方、本日の御白洲で、病人から離れたはずではないか。また舞い戻って来たと言うのか」

「御番所の御威光に恐れ入って離れたのは舟橋のやつだ。御番所では、舟橋ばかりで、この中橋にお訊ねはなかったから、われは御詮議の間中、病人の脇の下に隠れひそんでいたのだ。

舟橋が立ち去ったいまとなっては、われ一人ゆえ、わが心のままにしたい放題だ」

「聞き捨てならぬ。心のままに何をしようというのだ」

不安顔の一同を冷ややかに、ためつすがめつして、

「知れたことよ。善兵衛親方は飯田八三郎に取り詰められて祈禱師の面目をつぶされたからには、病人を取り殺すしかないと、この中橋に頼むから、きっと病人を取り殺してきますから、安堵なされよと請け合った。取り憑いたからには、親方の善悪はどうであろうと、忠義の道をはずすような中橋ではないのだ」

「その方の忠義のこころざしは、神妙にも聞こえるが、善兵衛はお召し捕りになったからには、もはや白状も近かろう。善兵衛に忠義立てしても、詮無きことだ。病人から、早々に離れるがようかろう」

と徳右衛門が言い聞かせる。

「善兵衛に一旦約束したからには、対面の上で、善兵衛から約束の取り消しを聞かぬかぎり、中橋が病人から落ちることはあり得ないぞ。善兵衛が牢屋敷に囚われの身となろうとも、きっと病人の一命を絶つ所存だ」

勝蔵と町役人たちは、中橋とこうした押し問答を続けて、朝を迎えたのである。

朝になって町役人たちは協議し、《恐れ乍ら書附を以て御訴え申し上げ奉り候》と訴状を

したためると、舟橋狐は落ちたが、中橋狐がまだ残り、善兵衛と対面の上、役目を免じると明言しない限り病人とりを取り殺すと申します。何卒お慈悲をもって中橋狐を離れさせてくだされ、と南町奉行所へ願い出た。弘化元年十二月二十日である。

勝蔵と町役人による訴状は吟味与力中田新太郎のもとへ上げられた。一事件一担当与力という制度があったからである。

中田は吟味所に勝蔵、駕籠手当の女房とりを、そして牢屋敷から呼び出してきた善兵衛を控えさせて、前夜の一部始終を聞き取った。

「中橋よ、善兵衛との約定が取り消されれば、病人から離れると言うのであるな。そこに善兵衛がおる。約定を取り消させて、早々に病人から離れよ」

とりに取り憑いた中橋は駕籠から這い出てくると、善兵衛に寄りかかって、

「親方、病人を取り殺せと言う命令を取り消して、われを連れて帰ってくれ」

善兵衛は寄りかかる中橋を、手で撥ねのけたから、中橋はよろけながら仰向けに土間に転がった。

「何度言われようと、おまえなど知らぬ。おまえが来たところへ戻ればよかろう。おれは知らぬ」

「われを知らぬだと。なんと未練な、そらぞらしい偽りを言うものか。やい、善兵衛、おまえとの約定があるから、契約を守り、義を立ててきた中橋ではないか」

中橋は土間に座り直して善兵衛をにらみつけた。

「善兵衛、あのように言う中橋を、引き取れ」

中田が善兵衛に命じた。

「どのように仰せられましょうとも、手前、中橋などというもの一向に存じませぬ。ただもう無理難題に迷惑いたしております」

「どこまでも知らぬと言い張るならば、牢屋敷にて牢問《ろうと》いで吟味いたす。さよう心得よ」

牢問いとは拷問のことで、笞打ち、石抱き、海老責めの総称だった。死刑以上の犯罪容疑者で自白しない場合に、吟味与力から奉行へ拷問を申請し、奉行は伺《うかがい》書《しょ》にして老中の許可をもとめるのである。

善兵衛の罪は死刑以上の重罪でもないだろうから、中田与力の脅し文句だったであろう。しかし、牢問いと聞いて、気絶しそうになるほど善兵衛は恐怖した。それほど拷問は過酷で、牢問中に死ぬ容疑者は多かったからである。

「その儀ばかりは、なにとぞ御免くだされませ」

「ならば、中橋を引き取って連れ帰れ」

「さよう仰せられても、引き取りようがございませぬ」

「中橋、病人から落ちろ」

「落ちようとしても、善兵衛がなにやら邪魔をして落ちることができませぬ」

「おのれ、両人ともに戯言《たわごと》を並べて、いつまで押し問答を続けるつもりだ。かくなる上は、勝蔵、町役人よ、病人とりの全身を改めて、怪物が潜んでいる場所を探し出して、切り取れ」

　中田の堪忍袋の緒が切れたらしい。勝蔵は徳右衛門の手を借りながら、とりを座らせて、襦袢の上から彼女の腋の下、乳房、肩、首筋と手探りで怪物を探した。とりは脱力状態で、勝蔵の為すがままであった。

「怪物のありかがわかりませぬ」

「ならば、これより宿元へもどり、怪物を切って取れ。よいな」

　中田はこの得体の知れぬ面妖な公事にうんざりしていた。手持ちの事案は多く、この一件にいつまでも関わっていられないのだ。

　勝蔵と徳右衛門は、ここで打ち切られて、病人を狐憑きのままに連れ帰らされては堪らないからと、

「何卒、何卒、御奉行様の御白洲にて、前回舟橋が落ちましたように、お裁きをお願い申

します」

　とひたすら懇願した。

　与力の中田新太郎は思案した。前回が舟橋狐で、今回が中橋狐で、落とすべき狐が別だとしても、世間をたぶらかす祈禱師の一件を、再度御白洲で裁くことは吟味与力にとって名誉なことではない。二度目となれば、重罪事犯として跡部奉行に出座を願わねばならない。そして善兵衛については重罪犯として自白のために牢問いすることになる。それで行くか。

「訴人勝蔵、並びに町役人徳右衛門、その方たち公事人溜まりに控えるよう。追って御白洲へ呼び出すから、さよう心得よ」

「へへえ」と勝蔵らは平伏した。

　八ツ半（午後三時）に城中から奉行所に戻った奉行の跡部能登守は、待ち構えた中田から、祈禱師善兵衛狐憑きの一件を結審したいので、御白洲へ出座してくれとの願いを聞いた。中橋と名乗る狐を落として一件落着にしたいと言い、あわせて、善兵衛を牢問いする許可がほしい旨の願書を持参した。

　中田は中橋狐と善兵衛の押し問答について、書役同心から報告させた。

「善兵衛を牢問いするか」

「まやかしの祈禱で、あまたの病人から金品を詐取したと看ます。たたけばいくらでも埃の出る悪党でございます」

「あい分かった」

「本日が二十日でございますから、二十二日にはお許しが下りましょうか」

今月は極月である。大晦日にかけてことに多忙繁多な月であるから、吟味与力にとって掛かりの公事の決着は急ぎたい。月が変われば月番は北町奉行になってしまう。

「明日老中へ伺書を差しあげて、明後日には許可は下りる。中田、中橋狐は落ちるか」

「御威光をもって、落とします」

「半時後に内詮議所へ出座する。それでよいか」

平伏する中田の裃姿を看ながら、ふと、この石頭の吟味与力に、なぜ善兵衛が狐遣いの嫌疑を否認するか聞いてみても無駄だろう、と思う。

祈禱師の善兵衛は、中田の吟味に恐れ入って、狐を憑けはしたが落とす法力がないと認めて、謝罪すれば牢問いの苦しみを回避することもできるであろうに。

祈禱で神霊が降臨することは認めても、狐を憑けたとの嫌疑はみとめない。世俗人は、どちらも似たもののように見なすだろうが、先達として信仰するものにとって、神がかりは真実であるが、狐憑きは病気である。それをごっちゃに認めては、信仰を裏切ることになる、といった事情があるのではないか。

だが、そんな話をすれば、跡部は理屈屋で、世間知らずだと、寄合座敷で笑い話の種にするだろう。またしても大塩の乱における落馬事件を蒸し返して、揶揄する古与力もいるだろう。あい分かった、とこれだけ返答すれば無難におさまる。

白洲には勝蔵と駕籠手当の病人とり、そして縄付きの善兵衛が平伏していた。白洲を臨む吟味の座には与力の中田をはじめ見習与力、書役同心が控える。その奥の内詮議所と呼ばれる座には、左右に御小人目付、御徒目付を従えて町奉行跡部能登守が座っている。これだけの顔ぶれによって裁かれるのは、死刑以上の重罪と決まっているから、白洲にはものものしい空気が流れていた。それが容疑者を威圧して、罪過を認めさせる効果を上げるのである。

しかし、中田から問い詰められても、中橋狐は善兵衛が離れさせてくれぬから病人から出られないと言い、善兵衛は中橋狐を憑けたとはとんだ言い掛かりで、そんな者は知らぬと、押し問答にケリがつかない。

頃合いをみて、中田から奉行の跡部に合図があった。

「江戸町奉行跡部能登守である。善兵衛、その方は、まやかしの祈禱をもって、善良なる民衆をたぶらかした罪の数々、いまもって白状に及ばず、不届き千万である。かくなる上は、牢問いの手続きをいたす。さよう心得よ」

奉行が拷問を命じるというのであるから、善兵衛は意味のない言葉を吐きながら、うろたえるばかりとなった。

「善兵衛は牢問いと決まったぞ。中橋よ、その方はどうする。まだ四の五の言って落ちないか」

と中田が中橋を取り詰めた。

「出られませぬ」

「入ったものが、出られぬ法はあるまい」

中橋は放心状態になっている善兵衛を見ながら、うなだれている。中田はここでも奉行に合図を送った。

「中橋よ、とりの身体から立ち退けよ。奉行の命令である。天の下は、山の奥、海川の底にいたるまで、天下御政道の御威光が及ばぬところはない。奉行の命《めい》は天下の命である。奉行の命に背くからには、天の下には置かぬ。中橋、とりから立ち退け」

「中橋、御奉行の御意に背くつもりか」

中田が追い詰める。

「御奉行の御意に背き、立ち退かぬなら、奉行所から帰さぬぞ」

中橋が取り憑いた病人を帰さぬぞ、という一言は効き目があった。

「立ち退きます」

そう返答した中橋は、くたくたと前のめりに倒れて気絶した。

「勝蔵、とりを介抱して、水を飲ませてやれ」

と中田が言う間もなく、病人は気がついた。

「とり、であるか」

中田の問いかけに、

「はい」という返事が、女の声であった。

中田は奉行に最後の合図を送った。

「勝蔵、とり、取り憑いた狐は落ちたぞ。長患いのことゆえ、薬用して身体をいとえ。勝蔵、町役人のもの、とりを連れ帰って手当してつかわせ」

跡部能登守は心地よく、いたわりの言葉を掛けおわると、一同が平伏する中を、内詮議所から退出した。刻限は暮れ六ツ（午後六時）であった。

勝蔵たちは、奉行所の御威光をもって、狐は二匹ともに落ちたと喜び合い、駕籠に乗せたとりを連れて四谷太宗寺門前の宿元へと帰った。他方、祈禱師の善兵衛は伝馬町の牢屋敷へ送られたのである。

奉行所から戻ると、二匹の狐が落ちて心が軽くなったせいらしく、とりは前後不覚に熟睡していた。

翌十二月二十一日朝、病人が勝蔵と町年寄の徳右衛門に言った。

「われは中橋である。昨日御白洲にて、御奉行より、御意に背けば天が下には置かぬとの仰せに恐れ入り、立ち退きますと返答したが、あのまま舟橋のように立ち退いた日には、われらの魂気は空中を彷徨うばかりで、身の置き場が無くなるというもの。

われらの魂気が善兵衛によって抜きとられた狐の身体が、善兵衛宅の床下に、三尺ばかりの木箱に入れて埋めてある。

少なくとも五匹分の身体が残されているはず。牢問いにかかれば、ほどなく善兵衛も白状するであろうが、わが身体を何卒貰い受けて来て欲しい」

このことが徳右衛門から、三人の町名主へ伝えられた。町名主は町年寄の下に置かれた役職で、町の防犯、防火、訴状の奥書や家屋の譲渡、証文の閲覧などをつかさどって、町奉行所の補助機能をつとめていた。

このたびの狐憑き始末取調の一件について、善兵衛宅がある住吉町に近い新乗物町の名主福島三郎右衛門、高砂町の名主渡辺庄右衛門、および訴人勝蔵宅がある四谷の名主平助の三人が手伝っていたのである。

二十二日の夜、三人の町名主たちは勝蔵宅にやって来て、中橋に狐の身体の隠し場所について問い糾した。善兵衛の狐遣いの重要証拠になると踏んだからである。

「東側の床下深さ三尺ほど掘れば、三尺ばかりの箱がある。それに入れてある」

「まてよ。わたしは善兵衛の紺屋店はよく承知しているが、床下には染料の藍の瓶が六つ伏せてあるから、三尺の箱を埋めるほど余分な場所はないと思うが、そなた善兵衛宅まで同行して、埋めた場所へ案内してはくれぬか」

と高砂町の渡辺庄右衛門が言った。

「病人には無理なことなので、代わりに舟橋に頼むとしよう。舟橋は病人から離れて後も、魂気がこの家につきまとっている。かれを善兵衛の家族のだれかに取り憑かせておくから、役人方が先方へお越しの際に、舟橋の名を呼べば、だれかが案内いたす」

「きっと案内するのだぞ。もしも相違したなら、そなたが取り憑いている病人を牢屋敷へ送ることになるぞ」

牢屋敷と聞いて、中橋の顔色が変わった。それ以上に驚いてのは亭主の勝蔵だった。

三人の町名主が勝蔵宅を出たのがすでに夜の四ツ（午後十時）であり、善兵衛宅の床下から狐を掘り出そうと下男数人も連れて、その足ですぐに住吉町へとやってきたが、時刻は九ツ（十二時）に近く、善兵衛の家族は寝静まっていた。町役人である、緊急の用がある、と大声でたたき起こした。

不安顔をした善兵衛の家族に向かい、

「舟橋、舟橋はおるか」と名主の福島が呼び立てた。

「そのような者は、うちにはおりません」

「舟橋、舟橋」

名主たちの呼びかけに応じる声はない。下男たちに命じて床板をあげて、提灯で床下を隅々まで検分するが、箱を埋めたような痕跡は見つからなかった。

検証に立ち会った住吉町の町役人が、

「狐にばかされるとは、このことでしょうな」

と迷惑顔を隠さず言った皮肉に、四谷の名主平助は怒りを押し殺しながら、

「われらを愚弄するにも程がある。これより、辰信屋へ取って返し、あの狐憑きを無理にも引っ張り出して、埋めてあるという箱を、やつの手で掘り出させないでは、腹がおさまらぬ」

と言った。

名主たちは夜明け方に四谷の辰信屋へ戻ってきた。こちらも寝静まっているのを、たたき起こすと、どかどかと大勢が寝ている病人の側まで来ると、なにからなにまで聞いた話と相違している、善兵衛宅へ召し連れるから、狐の身体があるのが偽りでないなら、そこへ案内しろ。何ゆえ、大勢のものをだますような真似をするのだ、などと気色ばんで詰め寄った。

すると、病人は筆をとって、さらさらと歌らしきものをしたためたのである。

蓋《ふた》とってみねばわからぬそのこころ
　いづれにはせん種はあるらん

「このような歌では、おまえの心底は、なにもわからん」

「種があるなら、その種をあきらかにしろ」

名主たちは口々に罵った。

「わが国は古来から、歌の徳によって雨も降りまする。それは、歌というほどのものではこれなくとも、その心をよく汲み分けてくだされ」

と謎めいたことを答えて、その後病人は沈黙をまもった。

「どうでも、この病人を連れて参りたい」

名主が要求するのへ、亭主の勝蔵は、

「ご覧の通り、女房とりは重病でございます。体力がもちません。第一、ただいま御番所における公事がかりの身でございます。御番所からの御下知でも無い限り、みだりに一件にかかわる場所へ、差し遣わすわけにはまいりません」

ときっぱりと断ったから、名主たちは仕方なく引き上げた。


二十三日昼八ツ刻（午後二時）頃、病人とりは正気でいたが、突然、

「いま、そこに善兵衛が縄付きのままで入ってきた」

と騒ぎ出した。勝蔵が、

「そんなことがあるものか。善兵衛は伝馬町のご牢の中だ。牢破りでもしない限り、ここへ現れるはずがない。夢でも見たんだろう」

と言うと、

「あれ、善兵衛がわたしの喉を絞めて、引っ立てて行こうとするよ。助けておくれ」

と泣き叫ぶ。勝蔵と女中とで、いろいろなだめて取り鎮めるが、一日に何度も同じよう

な騒ぎが繰り返された。

二十四日、朝五ツ（午前八時）頃、善兵衛が来た、喉を絞める、苦しい、と前日と同じ騒ぎになった。

勝蔵と町役人とで、病人をなだめすかそうとする隙をついて、突如病人は狂気のように駆けだしたかと思うと、座敷から庭へと跳びだして、庭石の上に、真っ逆さまに落ちて気絶した。

驚き慌てて勝蔵たちが介抱し、ようやく病人の意識がもどった。

「やれやれ、怪我もないか。庭石の上に頭から落ちて、病人を殺してくれようと仕組んだものを、残念だ」

と中橋が口惜しげに歯ぎしりするのである。

「恐ろしいことをする。中橋、御白洲で善兵衛から、おまえなど知らぬと見限られて、善兵衛との主従の縁を絶ったはずではなかったのか。悔い改めて、御番所さまには、病人から立ち退くと、命に従いながら、狐の身体がなければ魂気の拠り所がないと言い、掘り起こしに行った役人たちをたぶらかし、こんどは病人を庭石に落ちて死なせようとする。駆け引きばかりで、真実が無い。畜生道とはそういうものか」

と勝蔵が中橋を辱めた物言いをした。

「おきゃあがれ。駆け引きだろうと、はかりごとだろうと、われが人間界に交わるようになって、すべて人道として学んだことばかりだ。われらを畜生道とさげすむなら、人道も畜生道と変わりあるまい。

善兵衛が親方として、われを養い育ててくれた恩義に報いんと、善悪を超えて、この病人を取り殺さんとするが畜生道なら、親方への忠義も畜生道と呼ぶがいいだろう。善兵衛が存命中は、われはわが心を貫くまでのことだわ」

中橋は両手で摑んだ襟を、左右に引き開けて、両の乳房もあらわに、大きく白眼を剝いて、大見得を切った。勝蔵と町役人に手の施しようもなく、たがいの顔を見合わせるだけである。

二十五日、中橋が、いよいよ病人を取り殺そうと実行にかかった昨日の事態に衝撃を受けた勝蔵と町役人たちは、吟味与力が命じたように、とりの身体に隠れている怪物を見つけ出して切り取るべく、外科手術に心得のある医師を呼んできた。

医師の手で、とりの全身を触診して、怪物が潜む異物がないものか調べたが、小石ほどのしこりさえ発見できなかった。

「おや、心地よいから按摩が来たかと思えば、医者どのか。わが念願通りに病人を取り殺すが早いか、医者が刃物でわが一命を絶つのが早いか、これはちかごろ見ものでござるよ」

と中橋が、からからとあざけり嗤《わら》う。

「病人には、外科医が処置すべき異常はどこにもございません。これは心の病気、狂気でござれば、われらの出る幕はありません。ああ、おそろしや」

医者はほうほうの態で、逃げるように帰って行った。

勝蔵と町役人たちは、額を集め、さいごの智恵を絞り合いながら談合した。

「御番所では、舟橋につづいて中橋も落ちたぞ、との仰せであったから、いまさら中橋がまだ落ちていないと申し立てるわけにはいかぬ。それでは、御番所さまの顔に泥を塗ることになり、御威光に傷をつけることになる。われら町役人の手でなんとか後始末をして、かくのごとく一件落着しましたと、後始末取調書を御番所へさし上げねば、われら町役人の落ち度となりましょう」

と名主平助が言う。

「どうであろう、善兵衛を取り詰めてお手柄だった、四谷番衆町の隠居飯田八三郎さまに、中橋を取り詰める謀計をあみだしてもらっては」

と徳右衛門。

「飯田さまは善兵衛祈禱のまやかしを暴き、善兵衛お召し取りの功があったお人で、中橋はとことん恨みに思っていますから、飯田さまを、ここで中橋と対決してもらうことは無理ですよ」と勝蔵。

「だから、これより、中橋にさとられぬようにして、番衆町まで行って、お知恵拝借とするのですよ」

それからかれらは打ち揃って飯田八三郎の屋敷へと出かけたのである。飯田は、御白洲後の中橋の言動を詳しく聞き取ってから、こう言った。

「中橋狐の弱点は、善兵衛にある。善兵衛への恩義であれ、見限られた恨みであれ、どちらにしても、生きている善兵衛が中橋の心の拠り所となっている。だから、善兵衛が存命中は、わが心を貫くまでなどと見得を切るのだ。われら武士だとておなじようなもので、いかに忠義の武士でも、戦場で主君が落命したと知れば、忠義の心も萎えてしまい、戦意を喪失してしまうもの。

聞けば、善兵衛は伝馬町で牢問いにかけられているとか。いつ死なぬものでもない。ご一同、しっかり口裏を合わせて、善兵衛は牢内で死んだと告げれば、中橋の心は萎えてしまうはず。そこをつけこんで、病人から落とすべし」

二十六日の夜五ツ（午後八時）、町役人たちは緊張した面持ちで、辰信屋に集まっていた。

町年寄の徳右衛門が口火を切って、中橋に問うた。

「そなたは、主人である善兵衛の言い付けを守って、忠義一途に生きるというは神妙である。だが、いま牢屋敷に囚われる善兵衛が相果てたときに、どうする所存かうけたまわっておきたい」

予期せぬ問いかけだったとみえて、中橋は不審そうに徳右衛門の顔を見た。

「そなたは通力自在だから、いま善兵衛がどうなったか、さぞや承知であろうな」

と勝蔵が追いかけて言う。

「牢問いになったからには、何事か白状に及んだか」

中橋は用心深げに問い返した。

「そなたは知らぬと見える。牢屋敷では、二十三日から、二十四、昨二十五日と、三日つづけて善兵衛に牢問いがあった。

過酷な牢問いに耐えきれず、善兵衛は昨夜の八ツ（午前二時）に相果てたということだ」

徳右衛門が沈痛な面持ちをして告げた。

「嘘だ」

中橋が叫んだ。

「通力自在のそなたに嘘を告げても仕方がない。われわれ町役人も、ついさきほど御番所のその筋より聞かされたばかりのこと。いずれ詳しいことは知れ渡る」

「空言は言わぬ。拷問の恐ろしいことは、知っての通りでな」

家主と町名主が肯きあって言った後に、沈鬱な空気がながれ、一同沈黙した。

中橋は、しばし瞑目していたが、沈んだ声で、

「なんてことだ。それで昨晩は妙な胸騒ぎがしたのか。あの時に相果てたものか。さても残念な。二十三日、二十四日にわれではなく病人が、善兵衛が縄付きのまま罷り越したと騒いだときに、われもいやな気分になったのだが、あのとき牢問いにかけられた善兵衛が苦痛のために死に瀕し、生き霊となってわれのもとへ現れたものか。あわれなことよ。返す返すも残念だ」

深々とため息をついて中橋は愁嘆した。それから長い沈黙があった。勝蔵と町役人たちも、ここが正念場だと沈黙にたえた。すると、

「善兵衛が相果てましては、忠も義もこれまでにて、もはや目当てとするものもなく、今宵すみやかに病人から離れることにいたします。これまで悪道つかまつりましたる儀は、主人善兵衛の言い付けに従った故で、御免くだされませ」

と中橋は両手をついて謝った。

「病人から離れてくれるか。それで病人が全快してくれるなら、そなたの所業は水に流そう」

勝蔵はまだ半信半疑だった。

「病人から離れて後の、魂気にとって依代《よりしろ》となるささやかな祠を、ご町内にお作りくださればば、火災、災難からご町内、隣町まできっと守護つかまつります」

「舟橋には、病人が全快したあかつきには、町内に稲荷の祠を建てると約束してある。病人が全快すれば、その約束は守る」と徳右衛門。

「舟橋は落ちたから、彼との約束は守るとも、そなたには、これまで何度となく化かされてきたから、そなたが落ちたと、しかと確かめた上で、約束は実行される」

形勢が有利になりかけたと見て、町名主の平助が強気の発言である。

「お疑いごもっともですが、今宵離れるためには、すぐにも稲荷の祠を建てる場所を、ご一同様と一緒に見分させていただきたい」

勝蔵に背負われた病人が先導して、太宗寺門前の地主三河屋武兵衛の空き地へ一同はやってきた。そこは徳右衛門が、かねてより舟橋に約束した祠を建てるなら、ここになろうと考えた場所だった。

「そなたが今宵きっと落ちるとなら、町内の大工にそう言って、高さ四、五尺の杭を立てて、その上にのせる高さ七寸、横幅六寸五分ほどの小宮を作るべく手配しようではないか」

と徳右衛門が話を進める。

「ありがたや。さっそくお手配をねがいまする。安堵したとたん、腹がすきました」

勝蔵に背負われた病人は辰信屋に戻ると、小豆飯と豆腐汁とで夜食を取ったのである。

その間に、徳右衛門は大工に言って武兵衛の空き地へ祠を建てる手筈をととのえた。

「これで、いまも辰信屋の回りを巡っております舟橋の魂気は、今宵のうちに安らぐ場所ができました。ねがわくば、四谷新宿の鎮守三光院稲荷から勧請くださるべく、どなたか三光院へお遣わしください」

「わかりました。夜分ながら、三光院には訳を話し、格別のはからいをもって勧請をお願い申すとしよう」

「ありがたや。舟橋、中橋力をあわせて、ご町内ご近所を日夜見回って火事、災難を防ぎます。その功が認められた暁には、なにとぞ正一位をお請けください。初午の祭りなど物入りの行事はご無用です。稲荷とお祭りくだされば、食事などもご無用にて、ただ酒は時折くだされればありがたし」

中橋がもの静かに、覚者のようなおだやかさを見せて、歌をしたためた。

はずかしや心の闇に踏み迷ひ
　いま目が覚めてけふの嬉しさ

そこへ大工がやってきて、祠が建ったからと告げたので、病人を背負って勝蔵と町役人たちは提灯をさげて、また武兵衛の空き地へ来てみた。

高さ四尺の柱に、高さ七寸、横幅六寸五分ほどの小さなお宮がのせられて、柱には中橋稲荷神と記されてある。

「うれしやな。うれしやな」

病人は勝蔵の背中から滑り降りると、踊るように両手を振りながら、祠の回りを幾度も巡るのであった。

辰信屋に戻り、三光院へ遣わした名主平助の帰りを待った。時刻が四ツ半（午後十一）を過ぎた頃、平助が戻り、三光院から勧請を認める書付が届いた。院内で、そのためのご祈禱がなされたと聞いて、中橋はまた勝蔵の背中を借りて、祠の前までやってきた。

「皆々さま、今生、中橋がもの言うのも、これが最後でございます……」

いひのこす言の葉とてはこれ限り
　わが生だまはここにとどまる

その歌を祠に向かって二度読むと、くたくたと地面に倒れ伏して、気絶した。

翌二十七日、病人とりは、勝蔵、医者、町役人たちが見守る中、終日こんこんと眠り続けた。その日、新乗物町の名主福島三郎右衛門が辰信屋を訪れて、牢屋敷で吟味中であった住吉町の善兵衛が、牢問いの最中に、二十五日の夜中に死亡したと伝えたのであった。飯田八三郎の智恵で、善兵衛が牢死したという嘘によって中橋狐の心を折る謀計のつもりであったが、中橋は通力をもって善兵衛の死を直感していたものと、今更ながら皆々驚いたのである。

十二月二十九日大晦日、とりは前日同様に正気で過ごした。

勝蔵は女房が狐憑きになってからこれまでの間、彼女に何が起きたか話して聞かせてよいものかどうか、医者と徳右衛門に相談した。彼らの意見は、聞かせたところでとりが混乱するばかりで良いことは何もなかろう、しばらくはそっとして置き、その時期が来るまで待つが良策、ということだった。

とりは今日が大晦日だと知って驚いた。亭主の勝蔵と医者に、

「十月下旬までのことは覚えているのじゃが、それからこっち、まるで記憶がないが、どうしていたのやら」

と訊いたので、医者は、

「病気の熱が続いていたのが原因だ。まだしばらくは体力の回復までに日数を要しますから、養生に相務めることが肝要ですぞ。記憶の無い期間、気分はどんなであったな、妙な夢など見たとか？」

などとそれとなく探ってみた。

「どこか遠くへ旅をしていた気分で、ようやく旅から帰り着き、ほっとした心地がすれど、身体が疲れて、何をするにも大儀に思われます」

というのがとりの返答だった。


明けて弘化二年となった。

正月二十四日には大火があった。火元は青山の権田原三軒家町で、武家地から出火した火は、あいにくの砂石も吹き飛ばす、強い北風にあおられて焼け広がり、麻布三軒家、鳥居坂、六本木、市兵衛町、広尾、白金、高輪、田町までが焼亡して、夜になってようやく鎮火を見た。

類焼した武家屋敷、寺社の数知れず、焼亡した町数は百二十六個町に達した。多数の焼死、怪我人が出たが、火が海辺に及んで逃げ場を失った住民の多くが溺死する被害があって、あわせて死傷者数は数百人に上った。

町火消は町奉行の支配下に置かれたから、月番は北町奉行だったが、非番の南町奉行跡部能登守も忙殺された。

二月には、跡部にも影響が及ぶ政権内の大激震があった。

すでに前年の九月に南町奉行を罷免となっていた《妖怪》の鳥居甲斐守耀蔵《とりいかいのかみようぞう》に対する処分がきまり、二月二十二日をもって、肥後人吉藩主相良長福のもとへお預けとなったのである。

さらなる激震は老中水野忠邦の再度の失脚であった。前年六月に老中復帰となったばかりの忠邦であったが、天保の改革失敗の責めを問うて復帰に反対をとなえていた老中阿部正弘らの主張が通ったことになる。

忠邦への処分は老中役御免だけに止まらない、と城内竹の間のご廊下で跡部が、中立派の老中牧野備前守から耳にした情報では、忠邦の謹慎処分、さらに家督は長男忠精《ただきよ》へ相続の後で、出羽山形藩への転封が避けられない情勢だという。忠邦に対する阿部正弘たち反対派の執拗な報復に、忠邦の実弟である跡部は芯から肝を冷やした。

その阿部正弘から竹の間において、跡部は自らの異動内定を告げられた。三月には奉行職から御小姓組番頭への異動となったのである。

奉行所に戻ると、跡部の異動のことは知れ渡っており、顔を合わせる与力、同心たちは口々に、御小姓組番頭への栄転を祝うのだった。

内与力の菅野十五郎が、

「御小姓組番頭へのご栄転、祝着至極にございます。御旗本の家筋のとりましては、上様の日常の御用をつとめる御小姓衆を支配する番頭は、君側第一の御役にございます。御主君の側近くで日夜務める以上に名誉な御役はございませぬ。わが殿の運気はますます上向きでございます」

と極上の世辞を言った。

御小姓とは将軍の側にあって種々の雑用をする役で、一から六組まであり、一組五十人あての小姓衆がいた。各組の長官が御小姓組番頭である。だいたい三千石以上の旗本から選ばれ、将軍の側近くにつとめる君辺第一の役といわれた。役高は四千石だった。

町奉行は三千石高であったから、町奉行より格上で栄転と祝言を言われて間違いではないが、南町だけでも与力二十五騎、同心百二十人を支配し、司法、行政、警察の事務を取り行って、江戸のおよそ千六百町に暮らす市民を管掌した、その権限の大きさにおいて、御小姓組番頭は比べものにならなかった。格は上でも、実力、実質においては左遷人事に近い。

いや、それだけではない。内与力の菅野十五郎は腹の中では、はやくも跡部家の家計の心配をする。

「町奉行には高額の御役料が出るが、御小姓組番頭では御役料はあるまい。水野忠邦さまが老中首座でおいでになった天保十三年には、それまでの御役料二千五百両が、七千両、八千両に高騰して、時の町奉行鳥居甲斐守さまの懐を大いに肥やした。わが殿が町奉行就任なされて、まだ半年足らずであるが、潤沢な御役料によって、わが跡部家の台所は豊かになっていました。それがあるとないでは、大違い。三月よりは倹約、奢侈禁止を励行せねばなるまいて」

と顔色はさえない。

跡部は用部屋の机上に積み上がっている決裁書類を、何気なくめくりながら、側に控えている例繰方《れいくりかた》与力の近藤と書物同心に、ふと思い出したように、訊ねた。

「正月は青山権田原から出火した大火事から後、気になりながら見落としたものがある。住吉町の祈禱師と狐憑きの女の裁き、中田新太郎が掛かりの一件だが、あの後始末取調はいかがあいなったかな」

「町役人どもから上がってまいりました後始末取調書は、こちらにございます」

例繰方与力が差し出した書付を跡部は手にしながら、読むのでもなく、与力に訊ねた。

「牢問いにかかった祈禱師は、あれから悪事を白状に及んだか」

「中田新太郎が牢屋敷におきまして牢問いに立ち会いましたが、師走の二十五日の夜に相果てましてございます」

「さようか。相果てたか」

そこで跡部は書付の終わりを開いて目を走らせた。

「太宗寺門前町に中橋稲荷の祠が建てられたとある。舟橋稲荷のことは触れてない。建ったのは中橋稲荷のみか」

「町役人が建てましたのは中橋稲荷のみの由でございます」

「さようか。あれから、とりの狐は落ちたと見える」

書付には次のようにある。

《翌巳正月十日頃は平日の通り全快いたし、家事つかまつり申し候》

そして、最後に善兵衛とその付き人たちに下された刑罰が記されていた。

《善兵衛、狐遣い御吟味中牢死いたす。茂吉、庄三郎、新次郎の三名、御咎め手鎖《てぐさり》。右は弘化二巳年正月十五日、後始末取調申し上げ候》

奉行跡部と内与力菅野は、奉行所奥にある役宅へ戻るところだった。

「菅野、一人の人間に二体の、しかも相反する性格の狐が憑いて、たがいに葛藤するとは、前代未聞の不思議だ。そうした不思議を起こす人間という生きもの、なんとわかりにくい生命であることか」

「御意にござります」

「町役人どもは、中橋稲荷のみ建てたぞ」

「舟橋も合祀されたのでございましょうが、稲荷を二つでは費えもかさみましょうから、どちらか一つとなれば、道義の舟橋より、後にたたりを為しかねない中橋のため、たたり封じの稲荷を建てたのでございましょう」

「悪賢い中橋は稲荷大明神に祭られて、道義を知った舟橋は捨て置かれたということだ」

跡部は、ここでも鳥居甲斐守のことが思われた。この跡部良弼が死んでも、だれ一人として、神社を建てようなどとは思いつきもすまいが、あの妖怪と呼ばれた鳥居甲斐守ならば、死んだらどこかに神社が建つかもしれなぬ、とふと埒もない考えが泡のように浮かんで消えた。

★

右は、『近代犯罪科学全集』の第十四巻に採録された「江戸にて狐附奉行御捌之傳」という珍しい裁判記録を、読み物に書き改めたものである。解題の末尾に編者が次のように記している。

「狐は公儀の御威光にて落ちたのであるが、その狐を祭ることとなり、新宿太宗寺門前に中橋稲荷と祀らるるのであるが、その稲荷が果して現存するか否か取調べて見ようと思ふのであるが、未だその機会をえないのを遺憾とする。讀者諸君の中、若し心ある方あらば、是非探査して頂きたい」

　わたしは数種の当時の切絵図で調べてみた。中橋稲荷も舟橋稲荷も発見できなかった。太宗寺門前町には「イナリ」の印さえ無かった。

　絵図にはかなりの広さの太宗寺の敷地が、内藤新宿の往来（現在の新宿通り）から、表番衆町の往来（現在の靖国通り）までを占めている。内藤新宿の名は、信州高遠藩の内藤家の中屋敷があったことに由来するが、その内藤家の菩提寺が太宗寺だった。

　太宗寺敷地の東端にはりついたように、南北に伸びているのが太宗寺門前町だ。中橋稲荷が建てられたのは、この細長い町域のどこかということになる。

　物語の中に飯田八三郎という武家の隠居が主要な役で登場するが、彼の息子で当主は飯田八太郎といって、伊賀小普請組の御家人である。彼の名前が絵図に出ている。それは裏番衆町の通りの角にある。大きな屋敷ではない。

場所は表番衆町の往来（現在の靖国通り）から一本北にある東京医大通り、現在の地図で見ると秀和番衆町レジデンスの前の辺りになる。一体、内藤新宿には番衆といって城内で宿直警固役の御家人たちや、伊賀組、根來組などの鉄砲足軽の小さな住居がたくさんあった。飯田八太郎は伊賀組の名はあるが、小普請組であるから無役の御家人だった。

終盤で中橋狐が三光院稲荷から勧請を受けることになるが、三光院はいまの花園稲荷神社のことである。これも現在の地図に照らしてみると、太宗寺門前町からの距離は、五百メートルほどである。意外なくらいに近かった。

ここまで調べて置いて、わたしは太宗寺周辺へ、中橋稲荷の痕跡でもないかと、九月最後の週に、出かけてみたのである。中橋稲荷が建てられた弘化元年から、平成二十四年の今年で百六十八年、『近代犯罪科学全集』第十四巻が出版されてからでも八十年である。東京のなかでも変貌が最も著しい新宿の二丁目なのだから、ほとんど期待はしていなかった。

池袋から山手線で新宿へ。新宿から地下鉄丸ノ内線で、二つ目の新宿御苑前が太宗寺への最寄り駅である。

先週までの記録ずくめの残暑の日々が、嘘のような肌寒い小雨の降る日だった。御苑前駅から地上に出ると、目の前に新宿通りが走っていた。それを横断してすぐ左手に太宗寺があった。寺に沿って北の靖国通りへ伸びる町並みは、マンションと商業ビルばかりであるが、それがかつての太宗寺門前町であることはまぎれもない。わたしはその町並みの表と裏を隈無く見て回った。

結論を書く。中橋稲荷は無かった。ただ太宗寺境内に真新しい稲荷社があった。しかしそれは「稲荷社」という額がつけてあるばかりで、由来の表記はなにもなかった。

わたしは靖国通りを突っ切って、東京医大通りへ出ると、往事の裏番衆町の形状を残していると思われる道路の角で、いまはコンビニと居酒屋がある場所を、かつては飯田八太郎、八三郎親子が住んでいた家のありかはここだ、と独断しておいて、西へ花園稲荷神社をめざして歩いて行った。

埋門《うずみもん》

白金台町のたばこ屋女房おつるが伝馬町牢屋敷北側にある埋門をくぐって大引戸の内側へ引っ立てられたのが、天明八（一七八八）年の秋のことで、おつるは二十三歳だった。大引戸の奥には切場《きりば》と呼ばれた死罪場があったから、おつるにとって、その日が彼女の短い生涯最後の日だった。北側の埋門へ引き入れられたなら、娑婆はおろか過酷な牢屋暮しにさえ二度と戻ることはできず、自分の生涯が終わるのだという覚悟はできていた。

ふらふらと湯屋で他人の衣類を盗んだ廉で入牢となったのは、まだ春の頃だった。牢屋敷の女牢における五十日の過怠牢期間が明けて白金台の実家へ戻ったのもつかのま、牢抜けした庄次郎をかくまった罪で、こんどは北の埋門をくぐる身とはなった。すでに庄次郎が辿った死罪場への同じ路を、取り乱すことなく歩もうと心に誓うのだが、足はがくがくとふるえて、彼女の心に背くのだった。

埋門を抜けると左に牢屋敷の裏門がある。不浄門とも呼ばれるのは死罪人や牢死した囚人の死骸をそこから運び出し、千住の小塚原へ捨てに行ったからである。

大引き戸の内へ入ると、おつるの身体に掛けられた切縄《きりなわ》を引く手伝い人足がおつるの顔に面紙《つらがみ》をかけた。目隠しをするために半紙を顔にかけ額のところで細縄で縛るのを面紙といった。再び人足に引き立てられて、左側の高い練塀と右側の百姓牢板塀の間の細道を進む。板塀が途切れると広い庭にさしかかる。右手には御様場《おためしば》があるが、面紙をかけたおつるには見えていない。土壇《どだん》という盛り土があり、それを四本の柱が囲い板屋根がつけてある。処刑された死体によって刀剣の試し切りを行う場所だった。

御様場の横で鍵役の牢屋同心が、改めて最後に罪人の名前を問う。

「北の御前様のお懸かりになります白金台町たばこ屋女房つるにござります」

その名乗りの声はおつるの口の中でつぶやかれたが、口の外へは聞こえなかった。

「白金台町たばこ屋女房つる二十三歳、大宮無宿庄次郎牢ぬけかくまい候の段、不届きにつき死罪」

三人の手伝い人足がおつるの両腕と首を背後から捉まえると、力任せに前方の切場へと引っ立てた。その場所には首斬り役人たちが控えている。

そのとき、おつるの足から背中を登る熱いものが首筋から頭の中を駆け巡り充満した。

「ああ、庄さん、おまえだね。おまえがわたしの中にいるんだね。わたしはうれしいよ。おまえがわたしの中にいてくれるなら、庄さん、あの世がどんなところだろうと、かまやしない。何処へだろうと、おまえがいるなら、わたしはさ……」

埋門《うずみもん》とは城郭の石垣、築地、土塀などの下方をくりぬいて造った小門、穴門のことであると広辞苑をはじめとする大抵の辞典では似たような説明がなされている。城郭の埋門を絵図や写真で見ると、石垣のなかに小さな門を埋めるように造られているのがその名の由来だろう。冠木《かぶき》の上は土塀になっていたり、石組みのアーチ形になったものや、矢倉を置いたものが多い。敵が攻め入った場合の防御に矢倉から弓矢や鉄砲を撃ちかけたり、さらに危急の場合には防御のために土塀部分や石組みを破壊崩落させて、門を塞いでしまった。

わたしは江戸の日本橋小伝馬町におよそ二百七十年間存在したいわゆる伝馬町牢屋敷の平面図を見ていた時に、三ヶ所にこの埋門を見つけた。戦国時代の城郭に築かれていた埋門が、江戸の牢屋敷内にも築かれていたわけで、囚人の大規模な破獄、暴動騒乱などが万に一つも発生した場合に備えて、攻城戦並みに埋門を築いたものと思われた。

しかし平面図では牢屋敷の埋門がどのような姿をしていたのか分からない。埋門を立体的に画いた絵図を探してみたところ、数枚の画像を『牢内深秘録』『牢獄秘録』『徳川幕府刑事図譜』などの文献の中で発見した。

伝馬町牢屋敷の総面積はおよそ二千七百坪で、全体を高い練塀《ねりべい》で囲繞し、塀の上にはびっしりと忍び返しが埋め込まれていた。屋敷の南側に表門、北側に裏門があり、門の外側には土手を築き堀があった。それら南北の門をつなぐように敷地中央に練塀が築かれて、その西側に大牢や揚屋《あがりや》があり、東側には牢奉行の役宅や役所があった。

この南北を貫く練塀の中央と北側の裏門近くに埋門があった。いまひとつは役所側の敷地と死罪場がある北側の庭とを隔てる練塀に築かれていた。

埋門のすがただが、まず練塀と同じ高さに達する頑丈そうな扉がある。扉の左右には門を支える石垣があり、門の上には瓦屋根をつけた土塀がのっている。まるで城郭の櫓門のミニチュアといった厳めしい姿である。

伝馬町牢屋敷と呼ばれてはいたが、そこは世襲によって代々牢奉行をつとめた役高三百俵の幕臣石出帯刀《いしでたてわき》の拝領屋敷だった。牢奉行の正式名は囚獄《しゅうごく》で、石出帯刀の役宅は四百八十坪もあった。役高三百俵というのは禄高三百石の旗本並みであるが、身分は御目見《おめみえ》以下の与力の格式にすぎず、町奉行の支配に属し、不祥の役人として差別を受けていたから、旗本と交わることもなければ縁組も武士に求めがたく、代々村名主などと結んだといわれている。

牢屋敷は町奉行所で吟味中の未決囚を判決が出るまでの期間拘置する施設だった。刑が決まれば出てくることになるが、死罪と決まれば、北の埋門の奥へ引っ立てられて死罪場行きとなるから、その門を別名地獄門と呼んだらしい。明治になって牢屋敷が廃止されるまでに、死罪となった延べ人数は十万人を超えたというから、すさまじい。囚獄が不祥役人という扱いを受けて将軍への御目見《おめみえ》はおろか登城も許されなかったのも肯けるというものだ。

その人数の中でも女の死罪は多くはない。わたしが牢屋敷にまつわる記録の中にたばこ屋女房おつるの名を見つけたとき、二十三歳の堅気商人の女房が死罪になったとは、どんな重罪を犯したというのだろと不審に感じた。その記録はわずかに二ページの短いものだったから、さらに関連する記録もあわせて調べてみることにした。

当初おつるの罪は湯屋での衣類窃盗だったから、決して重罪ではなかった。湯屋の衣類窃盗ていどの犯罪なら、男であれば敲《たた》きの刑が普通だった。牢屋敷門前にむしろを敷いて公開で、竹の杖を使い肩、背中、臀を五十回敲いた。悪質な窃盗になると重敲きで百回だった。女にたいしては敲きは行わず、代わりに過怠牢《かたいろう》といって五十日あるいは百日間入牢させたのである。だからおつるは五十日間西揚屋《にしあがりや》という女牢で過ごしたなら娑婆に戻れたはずだった。

おつるが死罪という重刑となったのは、牢ぬけをかくまった罪である。当時破牢でも縄ぬけでも捕まれば死罪であり、それをかくまった者も死罪、破牢を手引きしたり手助けした者もまた死罪に処せられた。

牢ぬけしたのは大宮無宿の庄次郎で死罪となっている。庄次郎の年齢は三十歳余りだったと思われる。庄次郎牢ぬけの一件では、庄次郎とおつるのほかに牢屋張番《はりばん》の下男《しもおとこ》平八が死罪となっている。平八は庄次郎が大胆にも牢内の柱を鋸で切って牢破りを図った際に、その鋸を与えて破牢を手助けした罪によって死罪になった。

たばこ屋という堅気の商売をしていた女おつるが牢ぬけという大罪を犯した無宿でやくざな男とどんな関係があり、どんないきさつから隠避することになったのか、その穿鑿は興味深く思われた。

おつると庄次郎は伝馬町牢屋敷内で知り合った。それまでは見ず知らずの赤の他人同士だったが、おつるの過怠牢五十日の間に牢内で顔見知りとなったのだ。その出会いが二人を死罪場へ導くことになったわけで、それまで平々凡々とたばこ屋の女房として暮らしていた女が、科人《とがにん》男のために身を破滅させるなどとは夢想だにしなかったであろ悲運に遭遇したことになる。

おつるのたばこ屋があった白金台町を江戸切絵図で見る。現代の港区白金台一丁目から上大崎一丁目あたりを走る目黒通りが江戸時代の白金台町で、一丁目から十一丁目まであった。東海道が金杉橋、芝、高輪と品川宿へと上るところを、途中三田から西へと曲がって行くと白金台町へ通ずる。広い敷地を占めた増上寺の下屋敷をはじめとして多数の寺院があった。大名屋敷など武家屋敷も多い。しかし白金台町を通り抜けると百姓地ばかりとなる。江戸市中の賑わいと比べれば、物寂しい町外れの風景がひろがっていた。

白金台町の何丁目かにあったおつるのたばこ屋は、江戸の町中で商いをしていた店とは比べものにならないほど地味な店だっただろう。市中にはおびただしい数の小規模なたばこ屋があって、ほとんどが個人経営だった。葉たばこを仲買から仕入れてきて家内で刻みたばこに加工し、紙に包んで店先で売った。いかに細かく刻むかで品質を競った。たばこ屋の女房とは言っても商家の内儀とはわけが違う。来る日も来る日も葉たばこを刻む家内工業が仕事である。たまに客が来れば店売りをするし、武家屋敷や寺院を相手に注文をとって廻り、納品をするのも仕事である。もちろん家族のための家事労働があるから、年中休む暇とてない生活であり、それだけ働いてもやっと飯が食えるほどの貧乏暮らしである。

おつるの犯罪記録には彼女の家族についての記述は無い。牢ぬけした庄次郎とのその後の逃避行の様を見る限りでは、おつるに子供があったとは想像できないから、十五、六歳で近くの三田村か中目黒村あたりの百姓の家からたばこ屋に嫁入りして、子は産んだとしても栄養不良や流行病が原因で育たなかったのではないか。たばこ屋には舅姑と義妹や義弟くらいはいただろう。貧乏暮らしにつきものの嫁いじめはおつるを苦しめた。亭主は性悪な男ではなかったが、生活に余裕がなくなれば陰気になって、何かというと女房につらくあたる。おつるには逃げ場がなかった。

おまけに時は天明八年である。その年は天明二年から続いた天明大飢饉の最終年にあたる。東北地方で発生した天候不順が米穀類収穫の激減をもたらして農村部を疲弊させていたところへもってきて、天明三年三月の岩木山、八月の浅間山噴火が降らせた火山灰の影響で、日射量が低下して長期にわたる冷害が継続することになり、農作物に壊滅的な被害が生じた。天明四年から東北から北関東地区では深刻な飢饉状態が広がり、全国的に食糧不足となって米価は高騰し、天明七年には江戸でも民衆による米屋の打ちこわしが頻発して物情騒然となった。

そんな時代におつるが生活苦に喘ぎながら、暗くて寒い店の奥でたばこを刻みながら鬱屈に耐えている姿が目に浮かんでくる。たばこ刻みは特殊技能を要する上に重労働だった。

葉たばこは各産地で秋の初めに収穫され、秋から冬にかけて乾燥させ、葉のしをして束ねると、こんどは熟成させるため樽にいれて保存する。ほどよく熟成させると香り高い葉たばこになる。それを江戸の日本橋界隈にある煙草問屋に納められた。たばこ屋は問屋から、あるいは仲買から仕入れると産地の異なるものを組み合わせて、それぞれ特徴のある風味の刻みたばこをつくった。

葉の中骨を取り、組み合わせた葉を重ね四つ折りにした葉を駒板で押さえながら、包丁で刻むのだが、押さえる時に体重をかけるから、かなりの重労働になる。さらにこすりと言って髪の毛ほどの細さに刻むためには経験と特殊技能を要する。そのため普通職人一人が一日に刻める量は五百とか六百匁だった。当時五匁を一玉として売られたらしい。商品としては百個とか百二十個分ということになる。一玉の売値は百四十文くらいだった。
十五、六で嫁いできてから二十三歳になるまで、おつるは来る日も来る日も亭主と舅姑からこすりの技術を泣きながら仕込まれ、一日八百匁から一貫目まで刻むように働かされた。
亭主はやりきれない境遇に置かれたおつるを、まるで石でも見るかのように無表情で、冷笑すら見せない。おつるの疲労感と鬱屈が耐えられないほど蓄積すると、ふらふらと湯屋で他人の衣類を盗むようになった。

湯屋で他人の衣類を盗んだのは一度や二度ではなかっただろう。一、二度ていどの窃盗なら、町名主や家主が内済で処分したことだろうが、内済ですまなかったのは町役人が内済できないほどおつるの窃盗が目に余ったのか、あるいは被害相手がどうでも奉行所につきださずにはおかないと強行だったかしたのだろう。

北町奉行所の仮牢で一晩留め置かれ、翌日の吟味で五十日の過怠牢の刑が言い渡された。亭主の両親や親族は家から縄付きを出したなら奉行所で叱りを受けることを恐がり、世間体が悪くなるばかりかたばこ屋の商いにも支障を来すから、すぐにも離縁をしろと口やかましく迫るが、亭主は陰気に黙り込んで、途方に暮れるばかり。町名主がそのことならおつるが入牢している五十日の間におつるの実家の親族と話し合えばいいから、いまは入牢のため着替えを持たせてやるとか、つる金を衣類に縫い込んでやるとかしてやることがあるだろう、それこそ世間体が大事だと言い諭した。

現在の東京駅八重洲南口近くにあった北町奉行所から伝馬町牢屋敷までは直線距離にして一・三キロほどであるから、徒歩二十分ほどである。夕暮れ時におつるは奉行所の町同心が同道して、他の数人の囚人ともども科人《とがにん》縛りにされ手伝い人足に縄を引かれて牢屋敷へ送られた。縄の色が白であることで科人が北町奉行所奉行所懸かりであると分かる。南町奉行懸かりであれば紺染め縄が用いられた。おつるの亭主と白金台町の町役人は一行から距離をおいてついて行った。

おつるたちは牢屋敷表門から入ると、屋敷の玄関前を過ぎ張番所《はりばんしょ》横にある見上げるほどに高い埋門をくぐる。門の内側は御牢前の庭である。庭と言っても樹木一本もない殺伐とした広場である。門の左側に改番所《あらためばんしょ》があり、鍵役の牢屋同心、平当番の同心、張番《はりばん》役の牢屋下男《しもおとこ》たちが控えている。

おつるたちは番所前の砂利の上に正座させられ、町奉行所から届けられた書付と照合するために牢屋同心が科人それぞれに名前、出所と年齢を問い糾す。

「北町御奉行様お懸かりにて、白金台町たばこ屋女房つるにござります」とおつるは返答した。

「過怠牢入り五十日の刑である。神妙に致せ」と鍵役同心から申し渡された。

書面照合が終わると科人は牢屋敷へ引き渡されるので、送ってきた町同心たちは引き揚げるために埋門《うずみもん》を出て行く。ぎいぎいと音をたてて門扉が閉ざされる。おつるにはこのときわずかに漂っていた娑婆の匂いが跡形もなく消えたように思われた。わたしの一生はこれで終わるも同然。もうどうともなるがいいさ、と捨て鉢だった。五十日の後にここから姿婆に戻れても、たばこ屋は離縁され、実家に戻ろうとしても家に入れてはもらえまい。所詮これまでよりもっとつらい暮らしがあるだけさ。その前に牢疫病で死んだなら、金輪際二度とこの世に生まれてくるものか、と閉じられた埋門を怨みを込めて振り返ったのである。

科人たちに付いてきていた親族たちは表門を入った左側の庇の下に、入牢者のために持参してきた差し入れの品々を置いて、帳面には誰のために誰が何を差し入れたか認めて役人に届け出る。着替えの衣類などが主であるが、さっそく食べ物を差し入れる縁者もいるが、すべての品が入牢者に届くとは限らない。差し支え在りと判断された品々は、張番役の下男たちが余得として分け合った。おつるの亭主たちも浴衣や腰巻、手拭い、半紙、櫛と髪油などを差し入れると、用意の提灯に火をいれて遠い夜道を白金台町へと帰って行った。

おつるの前には巨大で異様な建造物が黒々と横たわっていた。牢舎は間口が三十一間あまり奥行きが六間の長大な長屋である。その中に、大牢、二間牢、揚屋《あがりや》など東西に四つずつ合わせて八つの牢があった。中央に出入り口があり、入ると二間四方の土間があって正面に灯のついた牢役人の当番所がある。土間の両側には格子戸があり、それぞれが東と西の牢の入り口となる。

その日入牢する女の科人はおつるだけだった。彼女は女牢がある西の格子戸の中へ入れられた。足もとには二間巾の土間が向こうへと伸びており、左手つまり南側は壁でもなければ羽目板でもなく外鞘《そとざや》と呼ばれる格子になっている。牢舎内の換気と、牢舎の外から牢内を監視するためである。さきほど通った改番所の灯と埋門の黒い影が外鞘の間から見ることができた。

おつるはにわかに呼吸が苦しくなった。息が詰まる原因は牢内にこもる臭いだった。これまでに押し込められてきた無数の科人たちが残した汚れきった体臭が柱といわずに羽目板といわず床にも畳にも膏のように染みついている。牢内での病死人は数知れず、その死臭もこびりついている。牢内には雪隠があるから科人たちの排泄物の悪臭も逃げ場所がなくこもっている。弱い入牢者はまずこの臭気で病気になった。一度病気になったなら、まともな薬は与えられず食物は極端に粗末であるから、癒るのぞみはない。病気をすれば生きて牢屋敷から出ることは叶わなかった。

当番所の格子戸を入ってすぐ右角にある牢格子が西揚屋《あがりや》であり女牢、あるいは女部屋とも呼ばれていた。手前の右へ三尺巾の通路があり縁側と呼ぶ板敷きになっていた。壁は厚手の羽目板で下方に留口《とめぐち》があった。牢の出入り口である。

鍵役同心が南側の格子から、暗い牢内に向かって呼びかけた。

「これ、女部屋」

「へい」と内より返事がある。女の声である。

「牢入りがある。北町奉行所お懸かりにて、白金台町たばこ屋女房つる二十三歳、五十日の過怠牢入りである。受け取れい」

「お有難う御座ります」女の牢名主が応えた。

声のした方角へ張番下男が提灯をかざした。牢内に差しこんだ提灯の明かりが暗がりのなかに幽鬼のようにうごめく十数人の影を浮きあがらせた。そこには畳が敷かれてあって十五畳の広さである。南側が格子、東西が羽目板、北側は大部分が羽目板で、上と下が一部格子という構造になっていた。今季節が春なのはおつるにとっては幸いだった。牢内は冬は寒さに凍え、夏はたえがたい蒸し暑さに苦しめられるという劣悪の環境だったからである。

鍵役から受け取った鍵で平当番の同心が縁側に膝を折るようにして留口を開ける。その手もとを張番下男が提灯で照らした。

暗がりの中から留口の外へ出てきた女がいる。女牢付人《つけびと》である。女は手伝い人足の女房で、一月交替で女牢に詰めている。男を入れる大牢や二間牢には、そんな付人の制度はない。

ここでようやく張番によっておつるの縄がほどかれた。

平当番がおつるに言う。

「これより衣服身体を改める。牢内御法度の品を所持しておれば、いま差し出すべし。世間で吹聴するつる金などと申す金子《きんす》は無用である。もし持参いたしおるならば、早々に差し出すがよいぞ。万一後日金子持参のことが相知れたならば、相済まぬことになるぞ。どうじゃ」

「金子など御法度の品は所持しておりません」

おつるは白金台町の町名主から智恵をつけられた通りに返答した。

「身体改めをいたせ」

「へい」

付人は縁側に立つと、まずおつるの帯を解かせ、腰巻を脱がせて全身を改めた。腰巻をしめ直させると、つぎに帯と着物を隅々まで丹念に調べ、最後に髪をくずして中を改めた。

「異常はないか」と鍵役。

「ございません」と付人の返答。

「よし」

おつるは留口から牢の中へ入った。帯と草履を抱えていた。続いて付人がはいると、留口はしめられ鍵が掛けられた。

提灯を持った牢役人たちが格子戸から当番所へと出てしまうと、牢内には明かりというものは無い。明かりは火を使うから火事や放火による牢ぬけを恐れてご禁制であり、したがって冬季の暖房は一切無かったのである。

やがて暗がりに目が慣れてくると、南側の牢格子のあたりがほの明るく見えてくる。外鞘から月や星の光がかすかに差し込むせいだった。

「白金台町のつる、こちらに進んで、女部屋の名主さまに牢入りのご挨拶をもうしあげろ」

付人がおつるを名主の前に座らせた。その時の女牢名主は深川無宿のおつねと言う女だった。おつるは恐れて平身低頭した。

「これより五十日もお世話になる名主さま他お役づきのみなさまに、差し入れるものがあれば、差し出すがいいぞ」

おつるは、これも白金台町の町名主が用立ててくれた金子を、縫い込んであった腰巻の紐から取り出して、

「些少ながら心ばかりの差し入れでござります」と震える両手にのせて差し出した。

「そうかい。みんな、おつるからの差し入れだよ。こうしてご牢内でしばしの間、ともに

日数を算える身となったのも何かの因縁さ。みんな、おつるをいたわってやれよ」

「へぇい」と暗い影が声をあげた。

「男たちの大牢や二間牢のような手荒な仕来りは、女部屋にはないよ。ご牢内の臭いで病にかからないよう気持ちをしっかりもって、生きて娑婆にもどる日を待つことだ。みんな、そうだろう」

「へぇい」

それがおつるの入牢初日のことだった。


男の名は大宮無宿庄次郎と記録されている。年齢三十余りで死罪となり、死骸は様物《ためしもの》にされたあげく、千住小塚原に取り捨てられた。二十三歳の白金台町のおつるが、自らの死出の道行きの相手に選んだ男である。どんな男だったのか知りたいものであるが、記録は彼の氏素性、犯歴についてはほとんど何も語っていない。

無宿というと親族から不行跡を理由に勘当された町人とか、犯罪を犯して追放刑を受け宗門人別改帳《しゅうもんにんべつあらためちょう》から名前を外された者のことだ。手に負えない無頼漢や犯罪者、心中未遂者や違法な売笑婦などばかりが無宿ではない。天明の大飢饉の後の無宿者の多くは農村から逃げ出した百姓たちだった。

大飢饉のために農村で生きることが不可能になった夥しい数の農民たちは農地を捨て、各地を流浪したり、都市部へと流れ込んだ。村から出て一定期間を経ると人別帳から名前が除外されるため、やがて彼らは無宿者になった。江戸には荒廃した農村から逃げて無宿者となった百姓たちが大量に流れ込んでいたのである。庄次郎は大宮在の百姓の次男だったのではあるまいか。生まれた土地を捨てたのは、彼が何歳の時だったのか、それも不明である。

空腹を抱えて各地を彷徨い、行き先々の道端に餓死した骸を見ながら、どうにか江戸に辿り着いた。そこには彼と同じような無宿者が溢れていた。身許引受人がなければ、定職も定住する宿もみつからない。寺社の床下を住処にする路上生活者の群れの中へと身を落とすのに日数は要しなかった。

生きるためにいくつか軽罪を犯した。やがて何かの罪で捕らえられて伝馬町牢屋敷に送り込まれる。敲きの刑を受けたり、肘下に二本線の入墨をいれる刑をうけたりするうちに、伝馬町では知られた顔になる。それは彼が牢内役人の、しかも名主の地位についていたことから、彼が非凡な男であったと考えられるのだ。また長期間入牢していたとも思われる。ただし長期とは言えども六ヶ月が限度とされていた。

おつるが入牢した時に、庄次郎が何の罪を犯して牢屋敷の大牢に入っていたのか記録がない。人を殺めたことはなかったのではないか。あれば早々に死罪になっている。たとえ喧嘩沙汰などで故意ではなく過失で相手を死に至らしめたような場合でも、下手人《げしにん》という斬首刑になった。下手人は死罪の場合と違って、死体を様物《ためしもの》にされる不名誉がなく、死骸を親族が引き取ることも許された。無宿でしかも殺人罪となったら東大牢ではなく、東二間牢に収容された。そこは別名無宿牢とも呼んで死刑になるほどの凶悪犯罪を犯した無宿者を入れた。その点からしても、庄次郎の罪は死罪に相当するほど凶悪なものではなかっただろう。

とにかくかなり長く未決囚として東大牢へ収容されていた。大牢収容の人数は東西ともに八、九十人程度だった。間口五間、奥行き三間で畳三十畳の広さに、この大人数だから、単純に計算しても一畳に三人の過密状態である。ところが牢内には名主を筆頭とする牢内役人というものがあり、囚人の序列があった。相撲の番付表を想像すればよかろう。名主を頂点にして上位の役付たち十人あまりは一人が畳一畳を占める。三番役、四番役は一畳に二人が占める。新入りなど序列下位の者だと七、八人に一畳が与えられた。彼らは夜になっても横になって寝ることはできないから、膝を抱いて座ったまま眠るのである。冬なら肌を接して暖が取れるだろうが、夏になって一畳に七、八人が密着状態でいると互いの体温でどれほどの苦痛だったか想像を絶する。

牢内に三十畳の畳は置いてあるのだが、それを積み上げて配分する利権が名主に認められていた。入牢者が名主に差し出すつる金や、入牢後にも家族達から差し入れられた金品をどれだけ差し出せるかで、序列が上がったのだ。そのために大牢の名主が受け取る金銀は莫大なものになった。

名主一番役みずからか、あるいは《隅《すみ》の隠居》に厳重管理させておき、かなりの金銀が溜まったところで、五番役までの役人たちに分配させた。隅の隠居とは以前にも入牢して名主を務めた者を隠居と呼び尊重した。また名主は蓄えた金品を使い、張番をつとめている牢屋下男たちに、日常的に袖の下を摑ませたから、大抵のことは名主の願い通りになった。天明八年の頃、下男は三十八人ほどいたらしい。ちなみに同心は五十人だった。

名主の庄次郎が未遂には終わるが牢破りを図った際に、柱を切るため鋸を手に入れるのだが、その鋸を十五両という大金で庄次郎に差し入れしたのが張番の平八だった。牢屋敷で働いている番人たちの無法と堕落には驚くが、それにもまして名主の庄次郎が牢内に居ながら、それほどの大金を工面できたということに驚かされる。

大宮無宿の庄次郎がどんな男だったか、悪名高い伝馬町牢屋敷で牢内名主の地位にあったという記録からして、その気骨や支配力、知的能力などにおいて非凡なものがあったと想像できる。

庄次郎は一度は巧妙な計画で牢ぬけに成功している。失敗すれば死罪と決まっていたから、決死の覚悟の上だった。その動機について、短い記録が残っている。

《庄次郎御呼び出しの時、女牢前に待ち居たる時、女牢の内白金台町たばこ屋女房入牢しゐたるに言葉をかけ、如何にせしにや、深くも申しかわせし由、之に依り庄次郎儀、何卒溜《ため》へ下らんと工夫せし由なり》

庄次郎は未決囚だったから、時折町奉行所に呼び出されて吟味を受けていたのである。彼が収容されていたのが東の大牢であり、おつるの入っていたのは西の女牢だった。間には当番所がある。もとより東の大牢の囚人が女牢の中の女囚に言葉をかける自由は許されていない。

おそらく希有の偶然が作用したのだ。奉行所へ行くために後ろ手に縄をかけられた庄次郎が、同心の平当番と張番の平八に引かれて当番所から庭へと出ようとした時に、西の牢屋へ通じる格子戸がなにかの都合で開いていた。また平当番が当番所の中から鍵役に声をかけられたかして、縄を平八に預けることになった。庄次郎は格子戸からすぐの女牢をのぞくことができた。たまたま南側の牢格子近くに座っていたのがおつるであった。

おつるは外鞘の格子の間から庭に降る春の日差しを見ながら、何とはなしに物思いに耽っていた。庭の先に見えるものと言えば、改番所とあの埋門だけである。そこにある春の日差しが三田村の田畑の風景におつるをいざなう。白金台町の裏へまわれば見渡す限りが三田村の田畑で、田畑の畦に小さな草花が咲いて、この日差しを浴びている。中目黒の方角から旅装束をした武家や商家の男たちが品川宿をめざして下って行く。遠くへ、どこまでも遠くへ旅する者たちが春の路をゆるやかに下って行く。かなたは春霞に煙っている。

「外の天気がいいと、癪に障る。雨でも降ってりゃあ、外を歩いてるやつを妬むこともねえからな」

縞柄の紺色木綿を着た男が女牢の前に立って、おつるに向かって話しかけているではないか。入牢して以来言葉をかけられた男と言えば牢屋同心と張番たちだけだったから、何故ここに男がいるのか、一瞬面食らった。後ろ手に縄をかけられてはいるが、縛りは弛められ引き縄も長く延ばされている。引き縄を握った張番の平八が素知らぬ風で鞘の外へ顔を向けている。男は張番に遠慮するでもなく、気儘に振る舞っていた。

男は牢内の女たちへ、そして名主の深川無宿おつねへ向かって、

「変わりはねえかい」と声をかけた。

「お陰で変わりはないよ。ありがとうよ、庄次郎さん。今日はお呼び出しかね」

おつねの声にも張りがあった。

「そうよ。花見にはちょっとばかり早すぎるよ」

庄次郎という男のそんな戯れ言にも牢内から珍しく笑い声が起きた。背丈は並みよりやや高く、力仕事をしてきたらしい体格をしている。歳は三十台だろう。積み重ねてきた苦労が顔に深い皺を刻み込んでいる。

「おまえかい、白金台町から入った新入りというのは」

とっさに目の前の男に口をきいても懲罰は受けないのだろうかと、おつるの目は張番の横顔を窺った。

「五十日の過怠牢入りしたおつるですよ。おつるや、東大牢の名主庄次郎さんだ。ご挨拶しなよ」とおつね。

「へえ。わたしが白金台町のつるです」

囚人の男たちはひげ面で、頭は月代《さかやき》剃りをしないため多くは束ね髪にするか、髷も結わず散切りにしてしまうのであるが、庄次郎はひげを剃り月代を剃って町人髷を結いこざっぱりとしていた。なにかの職人の頭《かしら》にでも見えた。

牢屋敷では一年に一度だけ、七月の盆祭り時期に、すべての囚人を、およそ三十人ずつ交替で庭に集めて、月代を剃らせて髷を結い直させる習慣があった。その日に江戸の町々から、一町につき一人の髪結いを召し出した。ひげや月代を剃るには剃刀を要するが、刃物の持ち込みは御法度であったから、その特別の日を別にしてひげも月代も剃ることは不可能だった。ところが牢名主と隅の隠居の二人くらいにだけは、月に一度月代を剃ることが目こぼしされていた。張番や平当番の同心には一分金や二朱銀を袖の下でつかませた上のことだとしても、これもまた彼らの黙認された特権だった。縄はかけられているが弛めてあり、牢と外鞘の間にある土間で月代を剃っただろう。誰が剃ったのか。市中から髪結いが呼び出されて来たものか。

月代を剃っている男は、それだけで牢屋の内では特別の存在だったから、おつるが庄次郎の様子に目を見張ったのは当然のことだった。

初対面のおつるの顔を庄次郎がさも懐かしげな目をして見ていた。

「はじめて江戸へ入ったときだが、浅草や上野の山の寺社へねぐらを求めてもぐりこもうとしたんだが、どこも無宿ものであふれてとてものことに無理だったので、仲間につれられて芝の増上寺から白金台町の増上寺下屋敷をねぐらにして、品川あたりでわるさをしながら凌いでいたことがあったものだから、白金と聞いてな、なんだか知り人のような気がしたんだよ」

「その下屋敷から近い白金台町十一丁目で、たばこ屋家業をしてました」

「そうかい。堅気の女に牢屋はつらかろうが、辛抱しなよ。なあに、桜が満開になる頃には家に帰れるんだ。家に子供は居るのかい」

おつるは首を振ったのだが、ただそれだけの庄次郎との短いやりとりが、おつるの干からびかけた胸を濡らした。庄次郎は感情が溢れそうになったおつるの顔をじっと見詰めた。

「庄次郎、お出かけだ」

張番の平八が縄を引いた。牢屋同心の後をついて庭に出ると、改番所の前には、すでに庄次郎が載せられるもっことそれを担ぐ人足二人が待機していた。番所の中には庄次郎を引き取って北町奉行所まで警固していく牢屋見廻りの町同心二人が控えている。

牢格子の中から外鞘の間に見える庄次郎の姿をおつるの目が追いかけていた。もっこに載せられ、縄で編んだ網を被せられると人足二人に担ぎ上げられる。庄次郎の一行が埋門から出て行き門が閉められると、おつるの口からこらえていた溜息が長々と吐き出された。この世には、あんな男がいるんだ、と思うと背中のどこかに鳥肌が立った。十六の娘でもあるまいに、二十三の中年増にもなって、わたしはどうかしてしまったよ、とおつるは自分の心の動きに驚いていた。

記録では女牢の前で庄次郎がおつるに言葉をかけ、《如何にせしにや、深くも申しかわせし由》とあるが、記述者が戸惑うほどに彼らの出会いは、運命的だったと言うほかあるまい。その日、衝撃的な恋情に彼らは唐突に遭遇した。その後の彼らの激情的な行動を見ると、それはどうにも後戻りのしようがない恋の激流に落ちてしまったいうことで、どんな理屈もありはしない。記録に《如何にせしにや》と書くしかないのはもっともである。

それから後に二人が言葉を交わす機会があったとすれば、次回の吟味に庄次郎が奉行所へ呼び出された時だろうか。そして大牢の囚人は二十日に一度湯に入ることが許されて、その折りには庭に出たであろうから、外鞘から土間ごしに言葉を投げ合うことも可能だったのではないか。

東西の牢に合わせて多いときに四百人、少ないときでも三百人ほどの囚人が収容されていたという。牢舎の両端に外鞘の外に張り出すように《湯遣場《ゆづかいば》》があった。湯は屋敷の台所で沸かしたものを大きな桶に入れて湯遣場の浴槽へ運んだ。それらも張番をする下男《しもおとこ》たちの役目だった。一度に五、六人ずつが湯を遣ったそうだから、二ヶ所として十人から十二人、三、四百人が順番に入るとすれば、各人一度入れるだけでも何日もかかる計算になる。さらに入浴中の警備に要する張番の人数など考えれば、牢番側は囚人を頻繁に入浴させるわけにいかず、二十日に一度入れることにしたものであろう。

それにしても二十日に一度の入浴では、身体は垢まみれになる。劣悪な衛生状態に置かれた大牢の囚人たちの多くが重い皮膚病に冒されて、それがもとで病死する者も多かった。

彼らに比べて武士、僧侶、医師たちは、はるかに優遇された。伝馬町牢屋敷には揚屋《あげや》と揚座敷《あげざしき》というものがある。牢内には畳が敷いてある。御目見《おめみえ》以上の身分の武家と武家の女は揚座敷に入れ、御目見以下の武士、僧侶、医師などは揚屋に入れられた。御目見以下の女は町人の女たちと同じ女牢へ入れたのである。揚屋は大牢と同じ牢舎の中にあったが、揚座敷は庭の反対側に四棟あった。そこに収容された身分の高い武士たちは屋内にある浴槽で、月に数回、ことに夏場には月に五回ほど入浴できた。

おつるが収容されていた揚屋女牢の囚人にはどんな頻度で入浴が許されていたのだろう。大牢と揚座敷との中間の待遇だったと仮定して、十日に一度くらい湯にはいれたのではないだろうか。

《湯遣場》については『牢獄秘録』は《外鞘の内外の方へ、張り出し湯遣場》と《大きなる風呂なり》とのみ書いている。牢屋敷の平面図では外鞘の外側に張り出すように場所が示されてある。鞘の内側に入口という文字があるから、そこから湯遣場へ出入りしたと思われる。平面図ではなく絵図で見たいと思い、わたしは埋門の画像を見ることができた同じ資料の牢屋絵図の中に湯遣場の姿を見つけた。牢舎の東端と西端にある。

外鞘という格子の外側に庇が長く張り出している。その下に横長の浴槽と思われる造作があり、蓋がされているらしい。その上に四角い箱らしきものが載せられている。その脇には洗い場らしきものがある。ただし周囲には格子や柵はない。柵がないとは奇異に感じるが、どういうことなのだろう。台所で沸かした湯を運んで来て、浴槽へ入れたり、汚れた湯を掻い出して湯の入れ替えをする作業の便を優先させたためでもあろうか。囚人たちが土間から湯遣場へ出るときには、下帯一枚にされて腰縄をつけ、縄の端は外鞘のどこかに繋がれていたのではないか。もちろん入浴中、同心や張番たちが湯遣場を囲むように警固しただろう。

入浴の後で、汗が引くまでの短い時間、庄次郎は庭を歩いた。腰縄を引く張番には日頃から一分金や二朱銀を袖の下で摑ませてあるから、それくらいの無理は通る。外鞘に沿って歩きながら、無駄話をしかける。当番所の前を過ぎるときには、中に同心が詰めていようと居なくても、

「本日はお湯を頂戴して、まことにありがとう存じます。へえ、大牢二間牢一同のもの、牢奉行さまのお慈悲にお礼を申しております」

と深々と頭を下げて通る。それを言うために庭を歩いて来たかのように振る舞いつつ、おもむろに鞘の間から女牢の格子をのぞく。

「白金台町のおつるは居るかい」

「へえ、ここに、ここに」

庄次郎が湯遣いする日がいつか張番から耳打ちされていたから、この時を朝から待っていた。牢格子の間から一寸でも二寸でも庄次郎に近くなろうと、身体を格子に押しつけて、かすれ声で返事をした。

「おお、変わりはねえか。モッソウ飯は食べているか。どんな飯だろうと食わなきゃならないぜ」

「おかげで変わりなくしてますよ。おまえさまも、変わりなく」

自分を案じてくれる男が投げかける言葉を、渇した喉が雨を一滴残らず飲むようにせわしく受け容れる。男の眼を見たい。眼の中のなにかの色を読み取りたい。その色を見る機会が次にいつあるとも知れぬ身の上と思えば、身内の熱気が抑えられず、なにも話さぬ間にくたくたしゃがみ込むほど力が消耗してしまう。

「あと過怠牢の残りは何日だ」

「あと十六日ですよ」

庄次郎の顔が見たい、声が聞きたいと、耳を澄ますようになってから、一日一日が逃げるように過ぎて、どうすれば庄次郎と娑婆で再会できるか思案するだけで息が苦しく、焦慮に心が焼けた。

「牢を出たら、白金台町へ戻るのかえ」

「お前さま、牢から出たなら、白金台町へ逢いに来てくれますか」

「おい、おれが逢いに行くのを、待ってるというのかい」

「へえ、待ってますとも」

「ほんとうのことかえ」

「へえ、ほんとうのことさ。神仏にかけても」

「おまえがそう言うのなら、どんなことをしたって逢いに行くともさ」

「きっとかえ」

「きっとだ」

おつるは庄次郎の眼の中に見たいと欲していた色をたしかに見た。

記録は二人がなんらかの方法でおつるの出獄の日を知らせ合ったらしいと書いている。

《男は牢内にて此の女出牢のことを、如何がしてか知りしと見へたり。此の女も不敵の故、大牢の外鞘にて、男と咄合置たりしと見へたり》

おつるは自分の湯遣いの日に、庄次郎がやったと同様に、庭を歩いて東大牢の前まで行き、外鞘の格子からのぞき込んで、大牢の中の庄次郎へ話しかけたものと見える。

「庄次郎さん、三日後に過怠牢入りがあけますのさ。受けたご恩の数々忘れません。どうか御達者でおつとめを終えてくださいよ」

と周りの者に気取られないように再会の約を念押しした。

「そりゃあ目出度い。白金台町へ戻って元気にやりなせえ。そうすれば遠からず好い便りも聞けるというものさ」

庄次郎の謎をかけた言葉の意味をおつるは読み解いた。そして庄次郎の眼に現れた強い力におつるは身震いがして、湯上がりの浴衣の襟元を指で握りしめた。

庄次郎の腹はすでに決まっていた。記録にある。《之に依り庄次郎儀、何卒溜《ため》へ下らんと工夫せし由なり》と。庄次郎が溜預かりになるようもくろんだ先は《品川溜《しながわため》》だった。


溜というのは囚人を預かる療養所で、浅草と南品川と二ヶ所にあった。伝馬町牢屋敷で重病になった囚人と、遠島になった重罪人のうちで十五歳未満の者が十五歳の年齢に達するまで預けられた。浅草溜は元禄二年に車善七によって新吉原裏千束村に、幕府から九百坪の土地を拝領してつくられた。江戸切絵図を見ると、浅草寺と吉原遊廓の丁度中間あたりの畑の中にあったことが分かる。

また元禄十三年には松右衛門によって南品川池上道の畑中に五百坪の土地を拝領して溜がつくられており、それが品川溜である。切絵図では品川溜は南品川宿の池上道のわきにある。現代の地図と重ね合わせて見てみると、その場所は京浜急行青物横丁駅の北側で、すぐ近くを池上通りが走っており、その通りの北側ということになる。

病人を預かる療養所であるから伝馬町牢屋敷よりは衛生的にはましな環境だったと思われるが、牢屋敷はかなりの重病になるまでは溜に下げることを許さなかったから、溜に下げられても病気が治る囚人は少なかったらしい。

庄次郎が謀ったのは溜預かりになり、品川溜への移送中に脱走する計画だった。二百七十年の伝馬町牢屋敷の長い歴史の中で、牢屋敷の火災という緊急時に本所回向院まで立ち退きの際に逃亡した者はあったが、完全に牢破りをして脱獄した者は一人もいなかったと言われる。

牢ぬけの機会があるとすれば溜への移送の途中しかあるまい、と庄次郎は思案した。そのためには重病になってみせること、浅草千束からおつるの居る白金までは衰弱した身体では遠すぎるから、どうでも品川溜に下げられるよう工作することだった。庄次郎はまことに胆力と知能において非凡な男だった。

おつるへのはやる恋の思いを遂げるためには牢ぬけするしかない。これまでのように悠長に何時下るとも知れぬ町奉行の裁きを待っていることはできない。刑が決まったとして、追放刑にでもなれば、何時おつるに逢えるか知れたものではない。歳月が過ぎておつるが変心したり、行方知れずになったりすれば、一生後悔することになろう。

庄次郎はおつるが出牢して間もなく、病気と称して飯を食うことを止めたのだった。

牢内の飯は朝五ツ（御前八時）と夕七ツ（午後四時）と一日二度のきまりである。モッソウ飯と呼ばれるが、物相飯とも盛相飯とも書いて、盛り切りの一膳飯を言う。あとは汁と香の物（大根のぬか漬）だけだ。汁は手桶に入れて差し入れられるのを掛かりの牢内役人がモッソウ飯に杓で汁をかけて平囚人たちに渡した。名主ほかの役人達には別に膳立てされた。

飯と汁を運ぶのも張番たちの役目だった。東大牢にはおよそ九十人が収容されているから、その人数分のモッソウ飯が外鞘内へ運び込まれる。飯の差し入れには牢内同心二名が立ち合った。

夕飯の前に牢内人数の確認がなされた。小頭役の同心が鍵役同心とともに平当番二人をしたがえて各牢を廻る。東大牢の中に小頭が入ると、頭数のかぞえ役が立って、囚人の一人一人の顔を確かめながら頭をかぞえる。

「東大牢屋の私共八十九人でございます」と報告する。

「東大牢屋八十九人。相分かった」と小頭は牢内を眺め渡してから戸前口を出る。

総牢の人数確認が終わると小頭は別の同心と交代する。毎日夕七ツが勤務交代時刻だった。この人数確認が終了すると夕飯となるのである。

同心二名の立ち合いのもとモッソウ飯が張番たちによって搬入され、五器口から牢内へ差し入れられると、それを受け取る五器口番の牢内役人が、

「ヤッコミ頂戴したぞ」と告げる。ヤッコミとは食事のこと。

囚人一同は、ヤッコミ、ヤッコミと連呼して、これに応えた。

平当番の同心が、すでに薄暗がりになった牢屋内の様子をうかがってみると、名主の庄次郎の様子がどこかおかしいのに気付いた。庄次郎がモッソウ飯の箸をとる様子がないので、給仕掛かりの役人に訊ねた。

「名主は食さぬようすだが、具合でも悪いのか」

「へえ、昨晩から腹の具合がよろしくないとかで、湯水しか口にしなさらねぇんで」

「そいつはまずいな。春から夏へ季節の変わり目になると、病気に罹りやすい。長引くようなら御医師に診てもらうから、申し出るがいいぞ」

「へえ、そのように申します」

牢屋敷には薬煎所があり、牢医も詰めてはいたものの、それは形ばかりできわめて貧弱な医療しか提供できなかった。

それから十五日ばかり過ぎたが、庄次郎はまったく飯が食えなかった。添役、角役や隅の隠居といった幹部の役人たちが庄次郎の身を案じ、賄い役の下男にたのみ、飯を粥にしてもらって無理にも食べさせるのだが、すぐに吐いてしまうから、日毎に衰弱の度はまして行く。湯を飲むばかりで、下痢がとまらない。添役から平当番の同心へ訴えて、御牢医の診察を受けさせた。見立ては癪《しゃく》だった。胸から胃のあたりが痛むと、たいてい癪の見立てになった時代である。

「御牢内に伝染する病ではないから、ほかの科人が心配するには及ばぬ。薬湯を煎じて遣わす」

と御牢医は朝夕の食事時に薬湯を差し入れてくれた。しかし何ほどの薬効も見えなかった。

吐き気と腹痛とで頻繁に雪隠《せっちん》へ行く。衰弱がすすめば誰かが手を貸してやらないと一人で雪隠へ行くことができなくなる。日のある間はまだいいとして、日没後の牢内は暗闇になる。深夜、しかも毎夜何度となく暗闇の中を寝たきりになりかけた病人を二人がかりで雪隠へ連れて行き、用便させたり嘔吐させたりするのは囚人達には迷惑であり、大きな負担でもある。

これが新入りなら雪隠のある落間《おちま》へ寝かせ顔へ濡れ雑巾をかぶせて始末をつけ、病死として届けても、おざなりの検死があって、牢医が「いかにも急病死である」と告げながら袖の下の一分金を受け取って片付くのが伝馬町の習慣だったが、名主とあればそうは行かない。

そもそも雪隠の使い方には厳格な牢内規則がある。それに違反すると折檻をうけた。それは牢内の衛生を保って、牢疫病の発生を防ぐためである。一人の疫病人が出ただけで、日光も入らず換気もされない不潔な閉じられた空間に、息をするのも苦しいほどに多数の囚人が密集する牢内では、病人の排泄物が原因で、たちまち全員に感染するおそれがある。その予防のためにも雪隠の使い方に厳しい規則が作られ、新入りは牢入りの最初にその教育を受けたほどである。

牢内では雪隠および用便のことを《詰《つめ》》と呼んだ。詰を監督する役人がいて、詰之番《つめのばん》と言った。夜間、彼の下で平囚人が交代で詰の不寝番をつとめていた。用便したい者は詰之番までその旨を申し出て許可を得る。許されると、雪隠のある落間の脇に座る不寝番が上草履をもって落間の床板を叩いて、暗闇の中を手探りでやってくる囚人を雪隠まで誘導するのである。なにしろ真の闇の中である。また手探りで受け取った草履を履き、雪隠の穴をまたいで粗相の無いよう慎重に用便する。終わると草履裏を擦り合わせて鳴らしてから、番人へ返す。すると番人は粗相が無かったか雪隠を点検するのである。粗相が見つかれば、翌朝詰之番まで報告されて、囚人は折檻された。

大牢内の雪隠の絵図がある。落間といって牢の床より一段低くなった板敷の間があって、そこに二ヶ所雪隠がこしらえてある。牢格子の外から牢内の隅々まで監視ができるように、雪隠のまわりにも落間のまわりにも目隠しになる囲いは無い。牢内に雪隠からの悪臭が常に流れていたのは、この所為であった。

「どうだろう、一番役よ。お前さんの気は進まないかもしれないが、しばらく溜へ下がって養生しては。その間御牢内の取締りは憚りながら、この釜吉にまかせてもらってさ」

添役の秩父無宿釜吉が他の牢内役人たちとも相談して、名主の庄次郎へ溜下がりを促した。庄次郎の衰弱が甚だしいこともあるが、看病や夜間の用便の世話に手を焼いたからだった。さらに釜吉は名主の添役をつとめてはいるが、庄次郎が率いる勢力とは別の牢内勢力の親玉で、庄次郎に不測の事が起きたなら名主の後釜に就こうと、日頃から機を窺っていた。

実はそれを庄次郎は待っていた。食を断って八日目頃から手足が震え、あるいはしびれて身動きが不自由な状態になった。動悸が不規則になったり、呼吸が止まりそうにもなった。十五日目を過ぎる頃になると、身体を動かす気力が無くなって、意識が朦朧とする状態にもなってきたから、そろそろ役人たちから溜へ移そうという声が挙がって欲しいところだった。

餓死や行き倒れを数々見てきたから、水さえあれば絶食をしても三十日ほど人は生きているとは知ってはいたが、確かな気力があるうちに品川溜行きを確実にしておきたかった。

庄次郎は苦しげな息の下から釜吉たちに答えた。

「そうかい。皆にも余計な世話をかけて、心苦しいぜ。そうなら溜にお預かり願うとするか。今度の御牢内改めは何時だったい。その折りに添役はじめ役人一同から願ってくれるとありがたい」

「それがいいぜ。牢内改めは明後日のことだ。牢奉行の石出帯刀様に直にわれら一同から願い出るとしよう。溜は浅草か品川宿か、どちらにするね」

「品川溜に願いたい。おれがはじめて江戸に来て、最初にもぐりこんだのが浅草寺かいわいだったが、幾たびとなく土地の車善七の息のかかった無宿たちとごたついて、それがために浅草を捨てて芝へ移ったいきさつがある。浅草溜に下がった日には、おれの顔を憶えているやつらが黙っているとは思えない。浅草溜はおれには鬼門なのさ」

「そういうことなら承知之助《しょうちのすけ》だ。どうでも品川溜にお預かり願うとするさ」

牢内見回りは頻繁になされていた。囚人数の確認は毎夕小頭の交代前になされたし、夜の六ツ（午後六時）から明け六ツ（午前六時）まで一時《いっとき》ごとに夜廻りがあった。平当番の同心、提灯持ちの張番、拍子木を打つ雇い人の三名が牢舎全体を見廻ったのである。

町奉行所に所属する与力一騎と町同心二人が毎日牢屋敷廻りをしたが、与力にとっては連絡事務の監督が主目的であり、牢内の見廻りについては四ツ（午前十時）に同心だけで行った。

また月に一度は御徒目付《おかちめつけ》または御小人目付《おこびとめつけ》が牢屋行政の監察を目的に不時に来訪し総牢見廻りを行って、冤罪や不当な拷問などを訴える囚人がいれば聞き取りをしたが、それもまた形式的だったらしい。

「なんぞ申し立てる事は無いか」と名主に訊ねるのが目付の決まり文句であり、「何も申し立てる事は御座いません」と名主がこれも決まり通りに返答すれば、すぐにつぎの牢屋へ移動して、同じ問答が繰り返された。

五、六日に一度、牢内改めというものがあった。これには黒紋付き麻裃姿の囚獄石出帯刀が、見廻りの町同心、鍵役をはじめとする牢屋同心五、六人を従えて厳格に行った。まず牢から囚人たちを残らず外鞘内の土間に追い出しておき、牢内へ平当番の同心三、四人および張番六、七人を入れて、何か異常はないか、法度の品が隠されていないかなどの検査をするのである。このとき重病人があれば、牢奉行に直接申し立てることができた。

翌々日、東大牢の牢内改めがあったとき、囚人三人で庄次郎を戸前口から土間へ担ぎ出した。大牢の出入り口は女牢や揚屋のようなしゃがんで出入りする留口ではなく、戸前口と言って人が立って出入りできるほどの高さがある出入り口が南側正面につけられていた。

外鞘に背をもたせかけて座らせてはいても、両脇から支えてやらねば左右どちらかに横倒しになりそうなほど衰弱した庄次郎を牢屋奉行は驚きをもって眺めた。

「あれは名主庄次郎ではないか。病気とは承知していたが、かなり重篤の様子にみえるが、医師の見立てはどうなのだ」

「それが臓腑のいずれかに病巣があるらしいのですが、薬湯の効果はいまだ見えず、日毎に弱る様子にて」

と鍵役が返答した。このとき添役と幹部の役人たちが土下座をして申しあげた。

「お願いがござります。ごらんのとおり名主庄次郎儀久しく病んで飲食が叶わず、みずから歩くこともままならぬほど衰弱しております。このままにては牢死のおそれもあろうかと案じ、牢内役人一同打ち揃ってお願い申します。庄次郎儀、何卒お慈悲をもちまして、療養のため溜へ御預け願いとうございまする」

庄次郎もまた土間にくたくた倒れ込むように土下座をした。

「一同の願いの筋は相分かった。御医師とも今一度相諮った上にて沙汰を致す」

と言いつくばって自ら身を起こすこともかなわぬ病人を見下ろしながら、牢屋奉行が返答したのである。

奉行は屋敷に戻ると、本道の医師を呼び、町奉行所の見廻り同心および牢屋同心の小頭たちに庄次郎溜預けのことを協議させた。溜預けのことはすぐに決まり、浅草と南品川のどちらに預けるか話し合われた。浅草溜は北関東から飢饉に追われて江戸へ流れ込んだ無宿者が行き倒れとなって一の溜、二の溜に多数収容しているが、すでに収容能力を超えていることと、庄次郎は車善七の一党と不和だということもあって悶着が起きては困る、というのが誰言うと無く共通する意見で、ごく自然に品川溜送りが決められた。もちろんのこと、奉行以外の者たちには、前日の中に袖の下が配られていたのである。

決定から数日経った早朝、庄次郎はもっこに載せられて伝馬町牢屋敷を出て行った。もっこは二人の人足が担ぎ、警固のため牢屋同心が手下の横目をつれて、これに同行して南品川宿の溜へと移送した。京橋、新橋、金杉橋、高輪、北品川を経て南品川宿へ至る。金杉橋を越えれば南品川宿まで左手は江戸湾の海である。道中庄次郎はもっこの中で海老のように丸まって、朦朧とした意識のままに身じろぎもしなかったが、海の匂いが強くなり土地勘のある高輪を過ぎるあたりでは細目を開けて、ここからおつるの居る白金台町は十四、五町の距離だから一っ走りのところだと泉岳寺門前にある稲荷の鳥居を確かめることはできた。おつるよ、あと一息のとこまで来たんだぜ。

品川溜で療養中の庄次郎について記録は無い。品川宿には行き倒れが多かった。死んだ者、瀕死の者たちを品川溜が収容した。重病になった宿場女郎も受け容れていた。牢屋敷から預けられた科人たちは牢格子のある別棟に入れられていたが、牢屋敷より居住環境は良い上に、食べ物もはるかにましであり、医師は日一度は病人を診療したという。

庄次郎は体力の回復に努めた。まわりから不審や疑念をもたれないよう心しながら、衰えた足腰を鍛え直した。伝馬町より居心地はいいと言えども、時を無駄にはできない。おつるを思えば焦慮に胸が焼ける。それを押し殺しながら、牢ぬけの時機を待った。

品川溜で半月も過ぎた頃、伝馬町牢屋敷へ送り返されることになる。季節は初夏になっていた。庄次郎は溜の世話人に、抜け目なく袖の下を与えて、溜を出る前に月代を剃り顔のひげも剃っておいた。

当日の朝、牢屋見廻りの町同心が科人送致を仕事にする横目を従えて迎えに来た。牢格子から出る前に、横目が庄次郎の両手に縄をかけるのであるが、そのとき横目に一分金を握らせて、

「お慈悲をもって、何卒お手柔らかに」とささやく。縄を弛めにかけてもらうためだった。

「庄次郎、随分顔色が良くなったじゃないか。溜の飯はよほどうまかったとみえるな。伝馬町のモッソウ飯は口に合わないようだったが、今夜からはそのモッソウ飯へ戻してやるぞ」

杉野栄之助という三十三歳の同心で、日頃から庄次郎を嫌っていた。自分と同じ年頃の無宿者が科人の分際で、牢屋名主に納まって牢内を支配し、つる金を蓄えてはその金で張番たちを使い思いのままに過ごしているばかりか、溜から出るとなれば、まるで人形町辺の職人でございと言わんばかりに月代を剃って科人らしくないのが気にくわない。科人は科人らしく汚れた野犬のように人目を恐れておどおどと卑屈に振る舞うべきだろうに。こやつらは御上に対して恐れ入った顔はするが、腹の中では御上をないがしろにして舌を出す手合いだ、と庄次郎を冷ややかに見た。

「杉野の旦那さま、お迎えご苦労様に存じます。へえ、お陰をもちまして三途の川から戻ってまいりました。まだよろけてはおりますが、ようやく自分の足で歩けるまでになりました」

と庄次郎はおぼつかない足取りで、もっこの荷台につかまった。庄次郎がもっこに載ると、横目が縄で編んだ網を被せ、引き縄を荷台にくくりつけた。

荒物横町を出ると東海道である。左に折れて妙国寺門前を通り、南品川宿を過ぎる。すでに往来する旅人は多い。目黒川に架かる鎮守橋を渡ると高札場があり、それより北品川宿に入る。御殿山下から左手に八ツ山を見て高輪南町へかかるころ、庄次郎が腹が痛いと訴えはじめた。

「金杉橋まで辛抱しろ。橋番小屋で雪隠《せっちん》を使わせてやる」

「とても金杉橋まではもちません。もっこをよごしてしまいますよ」

網の中で庄次郎はうなりながら悶える。

「ちっ、面倒なやつだ」

前方左に芝車町の稲荷の赤鳥居が見えた。そこは泉岳寺へ入る境内道の入り口で、両側に茶店があった。茶店では客に雪隠を使わせてくれた。同心杉野栄之助は横目に指図して、もっこを茶店の裏側へ運ばせた。葦簀の陰に粗末な雪隠小屋があった。戸はついているが、下は風を通す隙間があるから、中にいる人の足首は見えた。

「科人を網から出して、雪隠を使わせろ。縄はしっかり引いて、油断するでないぞ。雪隠の戸は開けたままでやらせろ。おれは茶店の主に一言断ってくる」

横目はよろけ庄次郎に手を貸して小屋の中へ入れて、しゃがむのも手伝った。庄次郎は板でこしらえた金隠しに両手でつかまると、すぐに用便をはじめた。

「終わったなら、すぐに声をかけろ」

と言い置いて横目は小屋を出てると、引き縄を延ばしきった所で腰を下ろした。小屋の戸は半分だけ開いている。戸の下側には庄次郎の草履が見えている。

もっこを担ぐ人足二人は、葦簀の外で汗を拭いたり竹筒の水を飲んだりした。

「やけに暑くなってきやがったな」

横目は人足たちに声をかけて、同心が入って行った茶店の裏口を眺めた。自分も竹筒の水を飲もうと、それを引っかけてあるもっこの台まで、ほんの数歩往復した。小屋の戸は半開きであるし、戸の下から庄次郎の草履は見えている。縄を軽く引いてみるが動かない。竹筒から水を飲んだ。

茶屋の裏口に同心の姿が見えた。横目は起ち上がって、引き縄をたぐって半開きの戸の中をのぞいた。小屋の中には草履だけがあって、庄次郎の姿が無かった。科人の両手と腰にかけてあった縄の輪が、雪隠の金隠しに巻き付けてあった。一瞬の隙の縄抜けだった。

「縄抜けだぁ」

横目が叫んだ。庄次郎は雪隠の穴に下りて、掃除口から抜け出たものとみえた。小屋の裏側にまわると掃除口の蓋が外されていた。

「野郎、だいそれたことをしやがって。逃がすんじゃないぞ。足腰が弱った奴だ、泉岳寺の墓の裏にでも隠れていやがるだろう。探してひっつかまえろ」

同心と横目、二人の人足で周囲を探した。近くにある芝車町の木戸番からも人数を頼んで辺り一帯を捜索した。庄次郎は発見されなかった。

庄次郎は泉岳寺に逃げ込んではいなかった。境内道から北へ走り、長応寺の練り塀沿いに二本榎町の往来へ出たのである。往来の西側には熊本藩細川家中屋敷の土塀が延びている。東側は長応寺や証誠寺などの門前町で、雑多な小店や民家が軒を連ねている。素足でいては怪しまれるから、まず民家で盗んだ草履を履いた。懐から取り出した手拭で頬被りをする。本海道ほどではないが、品川宿へ至る裏海道であるから、かなりの人数の往来がある。

細川屋敷の土塀が尽きた角を右手に曲がると、こんどは広岳院の門前町が西へと続いている。松久寺の前を流れる用水路の小橋を渡った。そこから先が白金台町だった。その十一丁目の妙円寺までは、あと少しの道のりである。増上寺下屋敷があり、妙円寺があり、妙見堂から数軒のところにたばこ屋があるはずだ。泉岳寺門前の茶店から逃げ出して、たばこ屋まで四半時も掛からない。そこでおつるが待っている。

白金台町の往来は、いま通ったばかりの二本榎木町の景色から一変して人影のまばらな間道風景である。一丁目から十一丁目へと先へ進むほど淋しくなる。往来に面した両側には小さな平屋の民家や物売り店が並んではいるが、その裏側にはすぐに農地が広がっている。南側にある大きな森は増上寺の下屋敷をその中に囲ったものであり、他に目につく建物と言えば、北側にある讃岐高松藩の下屋敷とだだっ広い抱え地だけで、閑散としている。むろん屋敷の背後もまた農地だった。

妙見堂を過ぎ、数軒の家を算えた先に、間口が一間半の店があり、看板代わりの障子には葉たばこの絵が画かれてあった。庄次郎は歩調を変えず通り過ぎながら、店の中を窺った。油紙でくるんだり奉書紙で包んだりした刻みたばこを並べた売り台があり、傍で老婆が店番をしている。老婆の横に縦が一尺七寸ほどで横が二尺五、六寸ばかりのたばこの刻み台がある。台の上には手刻み包丁が載せてある。葉たばこ入れの桶もある。たばこを刻む主の姿は見えなかった。往来が明るいため、店の奥は暗くてよくは見えないが戸襖があり、土間の奥は丈の長い暖簾でふさがれている。

町並みが尽きるところに旅人相手の古着屋があった。店の半分に古着を並べ、あとの半分には手甲脚絆、紺足袋に下帯や股引、草鞋《わらじ》に合羽といった旅支度の品を並べたり軒からつり下げたりしてある。庄次郎は古着を買った。牢内で着ていた汚れた着物を着替えるためだ。下帯、足袋、股引に合羽、草鞋から笠まで買いそろえた。

「旅はどちらへまいられます。ご様子からして、箱根あたりの温泉にでもまいられますか。遊山にはもってこいの時候になりましたからね」

と店主が訊いた。ここでも月代を剃ってこざっぱりした庄次郎の風体が役に立った。

「なぁにね、増上寺さんの下屋敷に呼び出されて来たところ、急ぎの御用で西の方へ旅立つことになりましてね、あわてて旅支度さ。箱根で物見遊山なんぞという結構な身分じゃないのさ」

「それほどお急ぎなら、奥で下帯も股引も着換えて行っておくんなさい」

「そうさせてもらうとしますか。ところで、その先のたばこ屋だが、増上寺さんでも顔見知りだったおかみさん、達者におやりですかい」

とさりげなく訊ねた。

「おや、あのおかみさんを知っておいでかね。それが気の毒なことになりましたのさ」

古着屋の亭主は今日は店を開けてからまだ誰とも話をしていなかった。そこへ朝から最初の客で、あれこれと旅支度を調えるという上客が飛び込んできたから、おのずと近所の噂話に舌が滑らかになった。

「……と魔が差した盗みが大事になったわけですが、伝馬町から戻ったとなると、たばこ屋でも元のままには置けませんよ。ところが妙なことに、離縁になりながらおかみさんは実家へは戻っちゃあいませんのさ。実家は目黒川沿いの百姓で、さほど遠くもないのにさ。まあ、たとえ実家に戻されたところで、伝馬町牢帰りの札がついては、実家じゃあ出戻り娘をどこかの宿の飯盛女に出すか、品川宿の女郎に売るのが関の山でしょうからね」

「離縁されながら、たばこ屋ではどんな暮らしをしていなさるんで」

「朝から晩までたばこの葉を刻んでいますのさ。下女奉公とたばこ刻みで、こきつかわれていますよ。なにしろね、あのたばこ屋はおかみさんが刻むたばこで店がもっているという事情があるんでさ。亭主は不器用ものでこすりの刻みが不揃いで、奉書紙で包んで売れる上物ができないらしくてね。先代の爺さんは卒中を患ってからは刻みが出来ないときているから、おかみさんを実家へ追い返すと、たばこを刻む職人を雇わなくてはならなくなる。それをやると儲けがいくらも残らないって寸法でね。それでおかみさんは奥の作業場で、米搗きばったのように夜寝るまでたばこを刻んでいなさるんですよ」

「そりゃあ、とんだことだになりましたね」

と聞き捨てながら庄次郎はかがみ込んで草鞋の紐を結んだ。

おつるは離縁されていた。しかしたばこ屋に留まって、牢屋のモッソウ飯と代わりのない一善飯と香の物だけの食事を与えられて、たばこ刻みにこきつかわれていたが、どんな酷な処遇にもおつるは不平は言わなかった。

ここを離れた日には、庄次郎とつながる糸が切れてしまうからだった。どんな仕打ちをされようが、庄次郎が迎えに来るまで、ここに居なくちゃならない。

葉たばこの絵を画いた表の障子にそよと当たる風の音にも敏感に、外からの何かの便りが今くるか、今くるかと待っていた。自分の心の中に秘めていることを誰にも悟られぬように、野鳥のような警戒心を持ちながら、作業場の裏口をよぎるどんな小さな気配をも見過ごさなかった。

石のように口もきかず、家族にしいたげられても黙って耐え忍ぶことができた。そんなことは、なんでもありはしない。

その時が来れば、たばこ屋でのつらい明け暮れは終わってしまうのだから。

牢格子や外鞘越しに出会ったというだけで、こんなにひたすら庄次郎を待つ自分の心を、何故かと思いもしない。庄次郎を知ったから、待つことになった。

「おまえがそう言うのなら、どんなことをしたって逢いに行くともさ」

と庄次郎が言ったからには、逢いに来ると、信じているだけのことだ。庄次郎が逢いに来るとき、それは彼とともに逃げるということ。庄次郎の刑が決まれば、それは追放刑だろうと聞いていた。追放と決まれば軽くても江戸十里四方と京、大坂、東海道筋から追放されてしまうから、二度と逢えないことになる道理。だけどお裁きの決まる前に、抜け出してでも来てくれる。追放刑となったとしても、夜陰に紛れて迎えに来てくれる。だから逢えたときは、一緒に逃げる時なのだ。それを恐れはしない。それほどまでのことをして、このおつるに逢いに来てくれる男が、この世に居ようとは。その男のためにはわたしのなにもかも、命までも預けてついていく。あの伝馬町牢屋敷で牢破りをした者は、これまで唯の一人としていなかったと聞いても、その最初の牢破りとなってでも、庄次郎はきっと逢いに来る。天と地が入れ替わったとしても、そればかりはまちがいないと、おつるは信じて疑わない。

あれから四十日近くが過ぎた。百日待つことになるか、半年待つか。それは分からないにしろ、庄次郎が逢いに来るのを待つことだけが、おつるの明け暮れそのものだった。どんなことをしても、それまでは黙々とたばこを刻んで生きていようとおつるは思う。

今日は朝から、なんだかわけもなく胸騒ぎがした。昨晩のうちに注文を受けていた品が出来て、主は納品と新たな御用聞きのため寺院や武家屋敷の得意先廻りに出かけていたから、おつるは一息ついていた。店番の姑は目の前で刻むたばこを欲しがる客があると、おつるを呼びつけるのだが、今日はまだそんな来客はなかった。舅は手足が不自由でも、樽に入った葉たばこを桶に移して、産地の異なる葉の組み合わせに余念がない。怠け者の義弟は品川宿の女郎屋へたばこの納品に行ったきり三日帰ってこなかった。

おつるは落ち着かなくて裏口の外に出てみたかった。その気配を舅は感じ取ったものか、

「おつる、この桶に合わせておいた葉を刻んでくれ。明日には増上寺さんからの注文が入るにちがいない。おまえ、遊んでちゃあならねえぞ」

舅は卒中を患ってから人柄がすっかり陰険になった。

「刻み包丁を研いでおこうかと思ってさ。裏の用水路で水を汲んでくるよ」

「いいか。もうおまえはうちの嫁じゃあないんだ。賃粉切り職人の代わりに置いてやっているんだから、怠け癖がついては困るんだ。いまだに一日一貫目の刻みができないんじゃ、半人前だぜ。年寄りだからと甘く見て、おれの眼を盗んで休むようなら、おまんまは一食抜きにするぜ。だが水汲みなら、脚の悪いおれが行くわけにはいかない。急いで行ってくるんだ」

おつるは水汲みの桶を持って裏口を出た。裏は物置場である。空き樽や筵が雑然と置かれている。使い古した刻み台が取り捨てられている。戸のない納屋には手押し車と薪が積まれている。納屋の横から一間巾の用水路の側へ出た。

そこはおつるの毎日の洗濯場になっていた。水路から先は上大崎村の入会畑が広がって

いる。水路沿いにある桑名藩松平家のこぢんまりした抱え屋敷の方に、なにげなく目をやると、菅笠を被り旅装束をした男がこちらを向いてたたずんでいた。

笠の下から顔を確かめるまでもない。それが誰か、おつるは自分の身体の震えで分かった。手に持った桶が水路に落ちて音を立てた。男はあたりを見回しながら、静かに歩いて来た。おつるは膝ががくがくして、思うように足を運べなかった。それでも男の名を激しく呼びたくなる気持ちを嚙み殺して、必死で進んだ。おつるの延ばした両手が、分厚い男の手でがっちりと握られた。

「おつる、待たせてしまったが、逢いに来たぜ」

おつるは何度もうなずいた。頰が涙で濡れた。

「庄さん」ちいさな声がやっと出た。

「おまえも一緒に旅に出るんだぜ」

「うれしいよ、庄さん。つれて行っておくれ」

おつるはこの瞬間、庄次郎とたとえ地獄へだろうと、どこまでも逃げて行くことになる自分のさだめを、一切の躊躇いなしに震える歓びをもって身内の底まで受け容れた。

庄次郎とおつるは甲州へ逃げた。《甲州郡内領へ到り、何村と言しにや、此の女のゆかりの処へ》逃げたと記録に言う。

品川宿から縄抜けした庄次郎に追っ手が掛かるとすれば、真っ先に東海道筋だろう。つぎには庄次郎の出身地大宮がある中山道筋だろう。奥州街道筋は大飢饉で、自分で食べる食い物を所持していなければ、たちまち飢えてしまい、逃避行どころではなくなる。追っ手の裏をかくとすれば、甲州街道を選ぶのが賢明だ。それを打ち明けると、おつるが甲州郡内に寄る辺があると言った。実家の祖父の縁続きで、大月近くの真木という村から江戸見物にやってきた者がいる。そこまで逃げて、あとはまた甲府から下諏訪かどこかへ行って隠れることにしたらどうだろうと言う。真木村には温泉もあるらしいから、そこで一息入れて甲府から下諏訪に出て中山道に抜ければ、あとは上方を目指して逃げ切れる。

よし、それで決まった、と二人は目黒川沿いに、畑中の道を北へ向かい、代々木村の西方から甲州街道へ出た。街道筋の荒物屋で女物の手甲脚絆、足袋、草鞋《わらじ》を買っておつるの身なりを改めさせると、自分たちを甲州の諏訪大社へ参詣する品川宿のたばこ屋夫婦と称することに決め、甲州街道を西へと向かった。

庄次郎は諏訪大社までの道中案内図も買って懐中にしていたが、急場のことゆえ、もっともらしい往来手形をこしらえさせ金で買うという余裕はなかった。手形無しでは旅籠に泊まることはできない。農家の物置や寺社の堂舎に寝るしかないが、いまの二人には熱い契りを結ぶ場所さえあれば、しとねにするのが筵でも藁でも板であろうと選ぶつもりなどなかった。

甲州街道は江戸日本橋から内藤新宿を経て甲府柳町を過ぎ下諏訪まで到る五十三里二十四町である。途中五十四宿があった。当時成人の旅人は六、七日で歩いたらしい。一日八里から九里歩くことになる。内藤新宿から甲府までは三十三里、普通の旅人であれば三泊四日の旅程になったらしい。さらに若い武家であれば、二泊三日の旅程だったといわれている。その場合には一日十一里歩くことになる。

内藤新宿から甲州郡内の大月付近までは二十二里と十一町である。逃げる庄次郎の心境とすれば一刻も早く、半里、一里でも遠く江戸から離れたかっただろう。単身で壮健であれば、一日十一里を歩き、二日で大月まで逃れることはできたはずだ。だがいまは女連れである上に、仮病とはいえ、そのために衰弱した体力はまだ十分に回復していなかった。おそらく大月まで二泊三日の逃避行となったと考えられる。

初日は高輪で縄抜けをして、白金台町までおつるを連れ出しに行ったりしたため、街道を歩きはじめたのは、すでに正午に近かった。高井戸、国領、布田、石原を過ぎて府中宿に入ったころに日が暮れた。日野までなんとか行きたかったが、あとまだ二里の道のりがある。二人は府中で泊まることにした。

大国魂神社を行き過ぎると甲州街道が鎌倉街道と交叉する角に高札場がある。高札場の背後には大国魂神社の御旅所があり、その隣地は問屋場で馬や駕籠などの継ぎ替え所であったから日が暮れても賑わいが残る。一目で妓楼とわかる家に人だかりがしている。そこから宿の中へかけて小田原提灯を手に宿選びのために行きつ戻りつする旅人の黒い影があるが、やがて立ち並ぶ旅籠の灯に、つぎつぎと吸い寄せられていった。

府中宿は武蔵府中の中心として栄えたとはいえ、家数は四百軒ほどで、内藤新宿だけでも家数は七百軒ある江戸から来た二人からすれば小さな宿場町だ。彼らは宿場を通り抜けて、分倍河原《ぶばいがわら》の方角へ歩く途中に、高安寺という古寺の裏にあった物置小屋に入った。中は暗いが臭いからして、味噌の空き樽などがしまわれているとみえた。幸いにも粗筵が積まれてあったので、それを地面に重ねて敷くと、疲れた脚を伸ばす間もなく、渇きに耐えてきた者が湧き水を前にしたかのように、息せき切って抱き合った。

「おつる」

庄次郎が荒々しくおつるの口を吸った。

「ああ、庄さん」

息継ぎのため庄次郎の口が外れた刹那、おつるも荒い息継ぎをして、相手の首に両腕を回すと、自ら相手の口を求めて身をせりあげた。身に纏うものを脱ぐ間も惜しく、燃える肌を重ね合わせ、相手の真実のありかを確かめようと、たがいをむさぼるように抱擁した。

歓びの淵の中、身が溶けるような思いを岸に寄せる波のごとく幾たびもくりかえし、その淵の底に溺れてしまわぬよう、おつるの手の指は庄次郎のたくましい筋肉にしがみつくのだった。なかば溺れて、夢うつつの中、庄次郎とはもうどんなことがあろうと切れない契りを結んだのだと、おつるは感じていた。そのおつるの心を読んだかのように、庄次郎が闇の中で言った。

「おつる、おれたちは先の世からこうして契り合うさだめだったんだぜ」

「わたしも、いまそう思っていたところさ。この世ばかりか、次の世までもつづくさだめだろうって」

「よくもおまえにこの世で巡り逢えたものだ。ありがたいことだ、神信心の薄いこのおれにさ」

「いっそ、諏訪明神さんにお礼参りしておくれよ」

「ほんに、そうさ。諏訪明神といえば、下諏訪から中山道へ抜けてしまえば追っ手の心配もなくなるが、この世じゃ何が起きるか知れやしない。奥州の大飢饉にしろ、岩木山や浅間山の大噴火が起ころうなどと、だれも予見できなかった。だから、おつる、言って置くが、万一おれがお縄になると、こんどは死罪だ。牢抜けは死罪と決まっている。だからとことん逃げおおして、おまえとめおとになって暮らすのさ」

「うれしいよ。庄さん、おまえとならどんなさだめも厭わないよ」

「心底うれしいぜ」

庄次郎とおつるは、まるでこの一夜のために生まれ、生きてきたと信じる者同士のように、さらに命を尽くして抱擁し合った。


北町奉行所の牢屋敷廻り同心杉野栄之助は、その日の午後品川宿から奉行所へとって返すと、大宮無宿庄次郎を泉岳寺門前で縄抜けさせた失態を、科人送致役の横目の不注意によるものと、上司の与力まで届け出た。横目は厳罰に処せられることになる。あわせて杉野は与力に願い出て、庄次郎追捕の役を仰せつかった。騎乗した与力に従って杉野は伝馬町牢屋敷へ出向くと庄次郎縄抜けの一件を報告するが、そこでも失態の一切の責任を横目にかぶせた記録を作らせた。

しかし杉野栄之助は決して無能な同心ではなかったらしい。すぐさま牢屋同心たちの手を借りて、庄次郎の逃走先の心当たりを調べている。庄次郎が大宮在の百姓の出であることから、板橋宿から中山道筋へ逃げたのでは、というのが大方の意見だったが、それは真っ当すぎた推測で杉野は満足しなかった。東大牢の役人たちの中、牢名主だった庄次郎一派は口が固いので、庄次郎に対抗する添役の秩父無宿釜吉一派のものから情報を得た。張番をつとめる下男《しもおとこ》たちからも聞き取りをした結果、五十日の過怠牢入りをしていた白金台町のたばこ屋女房おつるの名前があがってきた。

杉野は奉行屋敷内にある見廻り同心の詰所へ女牢に詰めている付人《つけびと》を呼び出した。その詰所は穿鑿所《せんさくしょ》として使われていたから、そこへ呼び込まれるだけで女付人は恐れ入った。おつるが庄次郎に気に入られていたこと、おつるの過怠牢明けの日取りが庄次郎に告げられていたらしいことを証言に及んだ。

「庄次郎の牢抜けは、その女が動機になったに違いない。女が出牢した直後から病気になったのも胡散臭い。溜預かりを願い出たときに、浅草溜ではなく女の家に近い品川溜へと願ったらしいのも悪賢い庄次郎の魂胆らしい。野郎、八丁堀をこけにしやがって。女ともども引っ捕らえずにおかないぞ」

杉野は彼が日頃小者として使う岡っ引きの新助と平吉に急報して牢屋敷まで呼びつけた。彼らに状況を説明すると庄次郎捕縛のため、ただちに白金台町のおつるの家へ向かった。

おつるはその日の午前中に出奔したらしく、たばこ屋では亭主をはじめ家族や町役人たちが集まって騒然としていた。おつるの実家からも実兄が駆けつけていた。何故おつるが出奔したのか、その原因が分かるものは一人もいなかった。

岡っ引きの新助が近くの古着屋で耳寄りな聞き込みをしてきた。増上寺下屋敷の仕事をしているという三十過ぎの男が店で旅支度をととのえた折り、たばこ屋の女房のことを訊いたというのだ。人相風体から推して庄次郎に違い無い。示し合わせた庄次郎がおつるを連れ出しにきたのだ。あとは遁走先だ、と杉野は思った。だが新助と平吉にたばこ屋を家捜しさせたが、おつるが男と逃げて行きそうな場所の手掛かりは何一つ見つからなかった。

日暮れが迫る頃になって、杉野たちはおつるの兄に案内させて目黒川沿いにある実家の百姓屋へ行った。家族たちは恐れ入って土間へ駆け下りると、おろおろと土下座するばかりで、彼らから有力な証言はなにも得られなかった。小者たちに家捜しさせたところ、平吉が仏壇の脇から煤けた神社の護符を見つけ出した。諏訪大社の神札である。

「これは諏訪大社の護符だ。諏訪か信州に親戚か知り人があるんじゃねぇか。隠すと為にならないぜ。下手をすると、お前たちも連座して伝馬町送りになるんだぞ」

と平吉が威嚇した。

「へえ、申し上げます。信州に知り人はおりません。そのお札は甲州郡内におります祖父の親戚が江戸見物に出てきた時に土産代わりにくれたものでございます」

「甲州郡内のどこだ」

「大月宿から近い真木村という寒村でございます」
「江戸見物に来た親戚には、おつるも会ったことはあるのか」
「へえ、何年かに一度だれかが交替で出て参りますから、おつるも顔を見知った者はおります」

同心杉野栄之助は岡っ引きの新助、平吉に目配せをした。

庄次郎とおつるは甲州街道を大月宿めざして逃げているに違いない。女連れでは今夜は府中か、せいぜい日野宿あたりに寝場所をさがすだろう。明日は上野原宿泊まりで、明後日に目指す真木村に逃げ込む魂胆だろう。よし、こちらは明早朝、夜明け前にも江戸を発って大月宿へ向かう。途中上野原は無理としても与瀬宿あたりまで追い上げれば、明後日には真木村で追いつくことができるだろう、と杉野の頭の中には甲州街道の宿場案内絵図と庄次郎の顔がありありと見えた。

分倍河原《ぶばいがわら》から谷保、青柳村を過ぎて、渡し船で多摩川を渡れば日野宿である。内藤新宿から日野宿までは七里二十五町ある。日野本陣前を過ぎると林の中の緩やかな坂道になる。人影の少ない日陰の道をまっすぐ辿ると、浅川に架かる大和田橋たもとに出る。橋を渡り一里塚を過ぎると、まもなく八王子十五宿にかかる。

八王子には千人同心が置かれて甲州口のまもりとされたから家数は多かった。なかでも中心となったのが横山宿であり、本陣、脇本陣が置かれ、家数は千五百余りと甲州街道で最多だった。庄次郎たちは目立たない小店で餅や団子を買い、水を竹筒に補給した。横山宿を出れば人家もまばらで、街道に沿って流れる小仏川《こぼとけがわ》がうねりながら見え隠れする。駒木野宿は家数わずかに七十戸余りで、数軒の百姓家が旅籠の代わりに旅人を泊めている。

そんな寒村でありながら、小仏関が設けられていた。武州と相州の境だからである。小仏川の支流に架かる駒木野橋のたもとに関所を設け、竹矢来を組み、橋近くの川底は深くして徒渡りし難くしてあった。竹矢来は小仏川の南側百二十間にまで伸びていたという。庄次郎たちはその竹矢来を避けて街道から遠く外れた林を抜けて山の中へ入った。

駒木野から街道はまさに山中である。道幅の狭い山道を二人は小仏峠を目指して登って行った。甲州街道では小仏峠と笹子峠とを難所と言う。枯れ葉で道が見えなくなった場所で隠れた石や木の根につまづいて、足を痛めたら一大事である。庄次郎は疲労の色が見えてきたおつるの手を引いて登って行った。峠の頂上に辿り着くまで、行き交う者は一人も無かった。頂上では間近に見る神々しい富岳を拝した。また峠を越えて相州小原宿に下るまで出会う人はなかった。

小原、与瀬は相模湖ほとりの宿場である。江戸から比べると気温もぐっと下がる。陽が傾くと心急く。芳野、藤野、そして関野を過ぎるとすぐに諏訪番所がある。ここが相州と甲州の国境なのだ。番所を避け大回りして疱瘡神社《ほうしんじんじゃ》の塚場一里塚から上野原宿に入った。ここより甲州郡内であり、江戸日本橋から十八里の一里塚だった。この宿の家数は百六十で、二十軒の旅籠があった。

庄次郎とおつるは宿場外れにある牛倉神社の倉にもぐりこんだ。日が暮れると冷え込みがきつくなったが、抱き合う二人はすぐに汗ばんだ。ここから大月の真木村までは六里も無い。明日の早朝に発てば、午後にはおつるの親戚の家にたどりつける。とにかく甲州に入れたことで、まずはほっとした。

「おつる、あと半日の辛抱だ。足をこれへ伸ばすがいいぜ。足首とふくらはぎを揉んでやろう」

「おまえこそ、品川溜を出てまだ三日にもならないで、峠越えをして、さぞきつかったただろうに。真木村には温泉があるというから、明日は温泉に浸かって骨休めしておくれ」

「真っ昼間の温泉の湯の中で、お前を抱いた日には、もう極楽浄土というものだ。さあ、足をこれへ出しな」

「なんだか、申し訳ないよ」

「めおとになったからには、おたがい遠慮は無しだ」

おつるは自分のふくらはぎを揉みはじめた庄次郎を暗がりの中で感じながら、ほんに庄次郎と過ごす時こそ極楽浄土というものだ。どうぞこの極楽がいつまでも続きますようにと念じたのだった。

早朝に上野原の牛倉神社を出て鶴川宿、野田尻宿を過ぎる。それぞれ五十、百ほどの家と数軒の旅籠があるが、宿を離れれば人家はきわめて少ない。百姓家があっても山地であるから焼畑らしい貧弱な畑しかない。生業は炭焼きや林業のほか、宿場で駄賃稼ぎをするのだろう。見渡せば山脈が連なり、その山陰に富士が雄大な半身をのぞかせる。

矢坪坂から山道を登ると犬目宿だ。ここも家数は五十ばかり。犬目から眺める富士は堂々とした上半身を見せて、この上なく優美である。おつるは両手を合わせてなにごとか願い事をした。

山道を下ると鳥沢の宿場である。桂川に沿うように平坦な街道を行くと、甲州街道中の名所とされている猿橋に到る。刎橋《はねばし》という工法で全国三大奇橋の一つに数えられていると庄次郎が懐中する道中案内図に書かれている。橋を渡ると猿橋宿で、ここの家数は百三十余で本陣、脇本陣と十軒の旅籠があって、やや賑わっていた。二人は旅籠の店先で売る餅を買うことにした。

「江戸からお越しだかね」と宿の女に声をかけられた。

「そうだよ」と庄次郎。

「お湯をどおでえ」と勧められたから、断ると怪しまれるかと湯飲み茶碗を受け取った。

「国中まで行くだかね」国中とは甲府のことである。

「諏訪大社へ参詣の旅ですよ」

「そうけえ。みょうとで諏訪大社へお参りけえ」

湯飲みを返すと餅の代と心付けに二十文置くと、二人は会釈して歩き出した。旅籠の女との会話は自分たちの印象を相手に残すかもしれないから避けたかったが、まずは不自然な振る舞いはしなかったはずだと庄次郎は不安を打ち消す。残り少ない旅程である。気を緩めてはならない。

駒橋は家数八十余の小さな宿場である。これを過ぎれば次の宿が大月だ。たがいに、あと少しだと声を励ましつつ行くと、右手前方に椀を伏せたような山肌の荒れた小山が見えてきた。大月の岩殿山である。山下を行くと家数九十という大月宿に入る。旅籠はわずかに二軒である。さらに街道を行くとすぐに下花咲、上花咲の宿になる。あわせて家数は二百足らずであるが旅籠は二十数軒ある。本陣があり鬼瓦葺きの切妻造りの母屋にいくつもの蔵を持つ旧家で、大月地区における問屋継立をつとめていた。つまり馬や駕籠などの継ぎ替え所である。問屋場で教えられた通り、街道右を流れる笹子川に架かる橋を北側に渡ると、そこからが真木村だった。民家は街道周辺の平坦地にかたまっており、真木村は山側の村で、民家はまばらである。笹子川に流れ込む細い川沿いに訊ねて行くと、なんなくおつるの親戚の家は見つかった。

その親戚の生業は山仕事と問屋場での賃仕事だった。おつるの突然の来訪を大層喜び、珍しい江戸からの来客とあって、次々とおつるらの顔を見ようと親戚縁者が訪れた。おつるがまだ嫁入り前の娘時分に江戸見物にやってきて目黒の実家で会った者が二人居た。彼らはおつるの亭主に会ったことはなかったから、庄次郎をたばこ屋を営む亭主として引き合わせた。庄次郎は諏訪大社参詣の旅の途中で、一夜造作《ぞうさ》に預かりたいと挨拶を述べ、当主に手土産かわりにと懐紙に包んだ一分金を差し出した。日頃銭しか目にしない彼らは一分金に驚いて、それだけの効果はあった。まだ陽は高かった。陽が山脈に隠れる頃に皆が濁り酒と食べ物を持ち寄っておつると庄次郎をもてなすことになる。

「それまで温泉にでも浸かってくりょうし。村のもんが浸かるところで粗末な小屋じゃけん、旅の疲れには一番のごっそうになるずら」

とすすめられたから、庄次郎とおつるは喜んだ。旅装を解いて身軽になると、男の児に道案内されて村の湯へと歩いて行った。途中生け垣の中で草鞋を編んでいる家があった。

編み上がった草鞋は縄に通して軒下につるしてある。あれは売り物かと子供に訊くと、宿場に卸すのだが、ここで買うこともできると教えられ、

「宿場だと一足十五文じゃけんど、ここだと十文で買えるずら」

「そうかい。十文は買い得だ。温泉の帰りに買うとしよう」

と庄次郎は子供の頭を撫でながら、おつるに言った。

川がコの字に曲がった岩場に村の温泉場があった。人の背丈ほどの板囲いを岸につけたばかりの簡素な小屋だった。屋根は小屋の半分ほどしかない露天の浴場である。子供は庄次郎とおつるが裸になり湧き湯に身を沈めるのを見届けると帰って行った。

取り込む冷たい川水のせいで、はじめ湯をぬるいと感じたが、徐々に身体の芯から温まって心地よい汗をかいた。湯に浸りながら川の流れと藪の茂みに咲いた名も知らぬ白い花を見る。見上げれば山気を帯びた蒼空がある。おつるは目を閉じて水音を聞いた。手を伸ばせば、庄次郎の腕に届く。身を寄せ合って、二人がともに居ることを確かめた。

藪を揺らす山からの風音を聞いた。庄次郎の手がおつるの肩にかかるから、彼の肩に頭を寄せかけた。うれしいよ、庄さん。

「おつる」と庄次郎が耳もとで言った。

「いつの日か、運悪くおれが伝馬町に連れ戻されたとするか。死罪と決まって二間牢へ入

れられるとするか……」

「なにを言うのさ。縁起でもない。もう誰も追ってくるものかね。こんな辺鄙なところまで」

「まあ、聞きな。たとえそうなろうとも、おつる。おまえがこの世に生きている限り、おれは牢破りをしても、牢屋敷に火を放ってでも、きっとおまえに逢いに戻ってくる。憶えておいてくれ」

「庄さん。おまえはほんに……」

おつるはせき上げて、あとの言葉がとぎれた。


北町奉行所の牢屋敷廻り同心杉野栄之助と岡っ引きの新助、平吉の一行は猿橋の宿で旅籠の女から聞き込みをした。

その日の昼時前に諏訪大社へ参詣の途中だという江戸者の夫婦に餅を売ったという。その夫婦の様子から庄次郎とおつるだろうと杉野の勘が働いた。甲州街道を追いかけてきて、ここではじめて彼ら二人の痕跡を見つけた。

「なんて大胆な野郎でしょうね。往来手形無しの科人や無宿は昼間は寺社のお堂や倉に寝て、歩行するのは夜と相場は決まっているのに、まるで本物の物見遊山のように真っ昼間道中してやがるじゃありませんか」

という新吉の苦々しさが滲む言い種に杉野もまた同感だった。癪に障るが庄次郎が並みの科人ではないことを、今更ながら実感したのである。

彼らはそれから駒橋、大月、花咲の宿を駆け抜けるようにしてやってきた。花咲本陣の問屋場から人足を道案内につけると笹子川を渡り、おつるの親族の家をつきとめた。

その家では人が出入りして、なにやら酒宴の支度をしている。案内に連れてきた問屋場の人足は一家と顔見知りだったから、それをやって家内の様子を探らせた。江戸から親戚の夫婦が諏訪大社参りの途中立ち寄ったので酒宴の準備をしている。夫婦は村の温泉へ旅の汗を流しに行っている、と聞き込んで来た。温泉場で召し捕ろうと岡っ引きの新吉が色めき立つのを、取り逃がして山にでも逃げ込まれ山狩り騒動にでもなれば、大月の宿役人に筋を通さねば勝手な捕り物はできなくなる。ここで温泉から戻るところを待ち伏せして召し捕って、そのまま江戸へ山駕籠《やまかご》に押し込めて連れ戻るのが上策だと杉野が言った。

四半時も待つことはなかった。湯上がりらしい女が一人戻ってきた。あれがたばこ屋の女房だったおつるだな、と物陰に隠れた杉野は新吉と平吉に目でうなずき合った。庭先で遊んでいた男の児が駆け寄って、なにやら話しかけた。女が返答すると、その子は女が来た道を駆けていった。

女が家の庭に入ったところを杉野たち三人が前後から取り囲むと、すかさず新助が女の背後から片腕をつかまえて取り抑え、物陰に引き入れた。

「声を立てるんじゃねぇぞ。江戸は白金台町たばこ屋のおつるだな。おれは江戸町奉行所同心だ。牢ぬけした庄次郎をかくまい、ともに逃亡した科で召し捕る」

おつるの湯上がりで赤かった顔色がたちまち青ざめた。新助と平吉とで後ろ手にしておつるに縄をかけた。

「お前と一緒に庄次郎も村の湯治場へ行ったはずだが、あとから戻ってくるのか」

はじめ驚きで呆然としていたおつるだが、事情を悟ると両目を怒らせ口を一文字に結んで返答をしない。

「まあいい。お前をおいて庄次郎ひとりが何処へ行くはずもないだろうからな。そうだろう、おつる」

おつるはそれにも返答しなかった。だがおつるの視線は自分がいま戻ってきた道の方へ注がれた。その眼には言葉で言い尽くしがたい思いの色があふれていた。

道の奥から男と男児の姿が現れた。

「庄次郎だ」

と杉野が言った。平吉が声を立てられぬよう手拭でおつるの口に猿ぐつわをかませると、彼女を物陰の奥へと引き込んだ。庄次郎は左手にぶらさげた草鞋の束で輪を描くしぐさをして男の児をからかいながら、右手で空をさしたりする。彼らの頭上高く鳶が舞っている。子供が先に庭に駈け込んできて家に入った。やや遅れて庄次郎が庭に入ってきた。

先回りした新助が庄次郎の前を遮って十手を構えた。同心杉野が庄次郎の背後に迫ると大喝した。

「大宮無宿庄次郎、牢抜けの罪で召し捕るぞ。観念して神妙にお縄を頂戴しろ」

振り向いた庄次郎の眼の前に同心杉野栄之助が、手にした十手を銀色に光らせて立ちはだかっていた。そして杉野の肩越しに岡っ引きに縄をかけられたおつるのあわれな姿が小さく見えた。おつるに何をしやがる。抗しがたい怒りの念が庄次郎の中で噴き上げた。

天明八年の夏のいつの頃にか、庄次郎とおつるは伝馬町の牢屋にふたたび入牢となる。庄次郎は東大牢に、おつるは女牢とも呼ばれた西揚屋《あがりや》に入れられた。ともに元居た牢屋である。庄次郎は元の罪科の上に牢抜けの罪が重なったから、死罪は免れないが、町奉行所における吟味と裁きが下るまでの期間は牢屋入りである。おつるについても同様である。

庄次郎が只者ではないのは彼のその後の行動だった。東大牢に戻ると牢抜けという大罪を犯したばかりの庄次郎が、もとの名主の地位についたのは驚きだが、それほど彼には荒くれの罪人たちを信服させ、彼らから慕われる非凡なものがあったらしい。庄次郎が不在の間名主役をつとめた秩父無宿の釜吉は添役に戻ることになった。品川溜から甲州郡内までの女を連れた庄次郎の逃避行について、あらましは囚人たちの口から口へ伝えられて、囚人たちは胸がすく思いがしたことだろう。当然のことのように彼らはさらなる信望を寄せて庄次郎を名主に迎えたのだ。

おつるも女牢では女牢名主深川無宿のおつねからねんごろな処遇をうけていた。おつるの死を賭した男への一途な恋情に深く同情したからだ。しかし厳重な監視のもとにあった庄次郎が、女牢のおつると言葉を交わす機会は二度と無かったはずである。ただ張番の下《しも》男《おとこ》を介して簡単な言伝を交わすことくらいはできたであろう。

町奉行と牢奉行は御上の威信、権威に傷をつけた庄次郎を憎んだ。奉行所内の吟味部屋や牢屋敷内の穿鑿所《せんさくしょ》では、報復や意趣返しの手厳しい吟味が庄次郎に加えられたと想像できる。さらに彼とおつるの逃亡劇の噂が牢内から江戸市中に漏れ、歌舞伎の《道行き》の題材にでもなって、もて囃されては恥の上塗りである。その為にも二人の処罰を急ぎたかった。すみやかに死罪にして闇へ葬ってしまいたかった。

庄次郎も時間の余裕はあるまいと踏んだから、牢破りの実行を急いだ。彼がもっとも頼りにした張番の下男が平八だった。平八は《からす平八》と異名を持つ強欲な四十男だった。

庄次郎は平八の強欲さに眼をつけて手なずけたのだ。

下男の給金は一ヶ年一両二分のきまりだったから、それは当時の住み込み下女の給金並みだった。その平八は牢屋敷内にある粗末な長屋に住む身分でありながら、ひそかに京橋辺に別宅を持ち妾を囲っていたのは、莫大な余得があればこそだった。新たな入牢者があると、その実家の親や兄弟配偶者のもとを平八たちは訪れて、牢内生活がいかに過酷なものか語り、自分たち張番の配慮や庇護が無ければ入牢者は動物並みの虐待をうけ死に到ることも珍しくないと脅しつけて、賄賂をせびる習わしである。大店の道楽息子たちが入牢者の場合は、極めつきの金づるになった。平八のような悪辣な下男になると、わずか半年で二十両三十両の金が出来た。

庄次郎は鋸を差し入れて欲しいと平八と値段交渉した。大工道具が高価だった時代にしても、鋸一丁の値段は一分以上したとは思えない。一分は四分の一両である。それを庄次郎は十五両で買った。法外な値段だが、鋸の差し入れの張本人が自分だと露見したなら、悪くすれば自らも打ち首になる危険を冒すのだから、平八にすれば十五両は法外では無いかも知れなかった。

張番たちがいかに強欲だと言え、鋸を牢内に差し入れするほどの強欲、あるいは度胸のある張番は平八の他にはいなかった。そこまでの平八の欲深さを見抜いていた庄次郎の眼力によるものなのか、それとも平八は庄次郎の破牢という前代未聞の企てを察知しながら鋸を差し入れる危険を冒すほど庄次郎の反骨、気骨に心酔していたのだろうか。また獄中に居ながらにして十五両という大金を即座に工面できる伝馬町牢名主の闇の権力のすごさに瞠目するわけだ。

手に入れた鋸で深夜庄次郎は北側の牢格子を切り始めた。上下二ヶ所で切断して、切った柱は食べ残しの飯粒をつかって元の有るべき個所に貼り付けた。木くずは詰之番《つめのばん》によって雪隠に捨てられた。二本切らねば抜け出すことはできなかった。それは翌晩切る計画だった。

いかに鋸の音を立てぬよう工夫をこらしても、畳三十畳の牢内には八十人から九十人の囚人が寝ている。彼ら全員の耳をふさぐことは不可能である。庄次郎は牢役人たち全員から夜中に何か気配がしても、見ざる聞かざる言わざるという誓言を取っていた。役人たちはまた平の囚人を脅しつけて誓言を取り付けていた。彼らは鋸を挽く音をどんな気持ちで耳にしていただろうか。

庄次郎の計画はこうだった。二本目の柱を切断したら、毎夜一時《いっとき》ごとに行われる夜廻りに平当番の同心、拍子木を打つ人足と提灯持ちの張番平八が当番所を出るのを待って牢を抜け出る。当番所の裏には、平八が用意してくれる提灯点灯用の火だねがある。これを持って、外鞘の外にある糞尿の掃除口から裏庭に逃げる。外鞘のどこかに浴衣を巻き付けて、それを火だねで燃やして火災を起こす。火事になるのを見届けてから練り塀を越えて脱走するというもの。

牢舎が火事になると囚人はみな解き放ちになり、本所回向院まで立ち退かせるのが習わしだった。逃走した者は捕らえ次第死罪になったが、解き放ちの後立ち帰った場合罪一等を減じられた。死罪は遠島に、遠島は追放にというように。

解放されたおつるを庄次郎が連れて逃げる機会がある。たとえ逃げるのに失敗しても、罪一等を減じられれば、おつるの死罪だけは免れる。以上が庄次郎の破牢の計画だった。

庄次郎が二本目の柱を切ることにした日に図らずも、月に一度の御徒目付《おかちめつけ》による不時の総牢見廻りがあった。牢屋行政の監察を目的にしたもので、深刻な不満や不当な拷問などを訴える囚人がいれば聞き取りをしたが、ほとんどは形式的な慣習だった。

その日の午後、御徒目付沢村平右衛門が牢屋同心を引き連れて牢内見廻りに現れた。

「なんぞ申し立てる事は無いか」

と東大牢の名主庄次郎に決まり文句で訊ねた。

「何も申し立てる事は御座いません」

と庄次郎も決まり通りに返答した。御徒目付の一行はすぐにつぎの二間牢へ移動しかけた。そのとき格子の中より声があった。

「申し上げますする。御牢内に牢破りがおりまする」

声の主は先の名主一番役でいまは添役をつとめる秩父無宿の釜吉だった。大きなどよめきは御徒目付の一行ばかりではなく、牢内からもあがったのである。

「牢破りであると。容易ならぬことを申す。仔細を申せ」

「へえぇ。北側の柱を鋸で挽いた者がおります」

「柱を鋸で挽いたと、まことか。大それたことをする。その牢破りは誰だ」

「名主の庄次郎めでございます」

鍵役が戸前口の鍵をあけて、小頭を先頭にして三人の同心が牢内に入った。切断され飯粒で貼り付けられた北側の柱が確認された。同心達は庄次郎の衣類の下に隠された鋸も見つけ出した。何を訊ねられても庄次郎は目を閉じたままで返答をしなかった。

「庄次郎に本縄をかけて穿鑿所《せんさくしょ》へ引っ立てい」

と小頭が平当番の同心に命じた。庄次郎は後ろ手にして本縄をかけられ無言のままに戸前口から引き出されていったのである。

品川溜から伝馬町への送致途中縄抜けして甲州へ逃亡。その上にまた伝馬町大牢から破牢の未遂。死刑にあたいする重罪である。東大牢から西二間牢へ庄次郎は牢替えとなった。おつるが入れられた西揚屋から間に奥揚屋、西大牢を挟んで西端の牢屋である。

牢替えのとき、庄次郎の身柄は牢舎中央の当番所入り口から格子戸を通って鞘土間を歩かせられる。西揚屋の格子越しにおつるは庄次郎の姿を見たと思われる。もちろん何事があって庄次郎が西二間牢へ移されたかはおつるの耳にも伝わったはずだ。庄次郎の姿をみたとすると、それが今生で見るいとしい庄次郎の最後の姿だと目に焼き付けたことだろう。

破牢に用いた鋸の入手経路が穿鑿《せんさく》され、そのためにあるいは庄次郎は西二間牢の前にある拷問蔵内できびしく問い詰められて、ついに張番下男の《からす平八》の名を白状したと考えられる。

平八は庄次郎の破牢が露見して牢替えとなった日には、牢屋敷内の長屋から出奔して雲隠れしていた。しかし牢屋同心と町同心の捜索によって京橋辺の別宅に妾と潜んでいるところを召し捕られた。彼が昨日まで張番をつとめていた伝馬町へ入牢することになった。

天明八年の夏、大宮無宿庄次郎は伝馬町牢屋敷の北側埋門の中にある切場《きりば》において死罪に処せられた。三十余歳であった。死骸は様物《ためしもの》にされたあげく千住小塚原に捨てられた。死罪になった犯罪者の遺骸は遺族に引き渡すことも墓に葬ることも禁じられていた。同じ年の冬のころ、元の牢屋下男《しもおとこ》平八もまた死罪となった。

庄次郎が死罪となった日を含めた七日目の夜のことだった。東大牢で秩父無宿の釜吉は口に何かを詰められ驚愕して目が覚めた。両手両脚は四人の囚人たちによって押さえられ身動きがならない。ついで手足は手拭いで縛りあげられた。

牢内は暗闇であるが、外鞘から差すかすかな星明かりで、彼を囚人たちが幾重にも取り囲んでいるのが分かった。異様な空気が釜吉を圧迫した。それはまちがいなく彼に向けられた憎悪の念だった。

隅の隠居の低い声がした。

「おい、釜吉よ。囚獄に名主を売ったお前を、今日まで生かしておいたのは、名主庄次郎の初七日まては供養のため殺生をひかえていたからだ。仲間を売って、てめえの罪一等を減じてもらおうとは畜生にも劣るゲス野郎だ。牢内一同のこらず同意したによって、お前に名主供養の膳を馳走し、そのあとで名主のもとへ送ってやる。みな同意だな」

「ええい」と囚人たちの陰にこもった声が応えた。

「詰之番《つめのばん》、馳走してやれ」

詰とは用便のことである。詰の番人は椀に大便を山盛りにして釜吉の鼻先につきだした。

「名主庄次郎供養の馳走だ。神妙に戴け。ちょっとでも吐き出して、ご供養をないがしろにしたなら、替わり椀の馳走だ」

数人がかりで釜吉の口を割ると、椀の中身を流し込んだ。叩き役がキメ板で釜吉の背中をバンと打つ。思わず咽喉が開いて嚥下する。二口、三口と食わされる。吐き気のため逆流したものが鼻の穴からいくばくか出た。

「ご供養をないがしろにする気だな。キメ板をくらわせろ。替わりの椀だ」

こうして釜吉は大量の詰を食わされた。つぎに床に腹ばいにさせられ、囚人全員が代わる代わる足で背骨を踏んで《背中割》をする。さいごに叩き役が陰嚢を蹴り上げたときには釜吉は虫の息だった。

「ようし。送ってやれ」

隅の隠居の一言で、濡れ雑巾で釜吉の顔を被い息の根を止めたのである。翌日釜吉は病死として届けられた。形ばかりの検死が行われ、死骸は運び出された。牢死の死骸もまた決まりによって、千住の小塚原へ夜になって取り捨てられた。

北町奉行所の吟味与力加島藤三郎はおつるの刑の軽重にいささか悩んだ形跡がある。牢ぬけ犯人庄次郎蔵匿《ぞうとく》の罪となれば死罪の判決になる。しかし庄次郎を匿《かくま》ったというより、庄次郎にそそのかされて一緒に出奔しただけとも言える。庄次郎は悪党だが、おつるはまだ悪に染まりきった女ではない。牢内で何度か言葉を交わした程度のおつるを、牢ぬけした庄次郎が白金台町まで押しかけて言葉巧みにそそのかし、かどわかしたとも言える。死罪より一等軽い遠島ではどうかと。おつるへの憐憫があった。

死罪にあたる犯罪の詮議は町奉行が行った。天明八年当時の北町奉行は柳生主膳正久通だった。詮議には御徒目付、御小人目付が陪席する。吟味与力加島は白洲に引き出されたおつるに、お前は庄次郎にそそのかされて、たばこ屋を出奔したのではないか、と問い糾した。すると、おつるは庄次郎が牢を出て迎えに来る日をひたすら待っておりました、と証言したのである。この証言によって、奉行と目付たちは、庄次郎の牢抜けは庄次郎とおつる両名で示し合わせて決行したものと断じた。

また御徒目付はおつるの姦通の罪を罪科に加えた。この御徒目付は牢死した釜吉から庄次郎破牢のくわだての訴えを受けた沢村平右衛門である。吟味与力加島は出奔当時おつるは離縁されていたから姦通の罪にはあたらないと意見を述べたが、御徒目付沢村は牢内で庄次郎と示し合わせた当時はまだたばこ屋女房だったことから、姦通の意志が入牢中にあったのであり、町人の姦通は死罪にあたる罪とはなされないが、庄次郎はおつるとの姦淫目的で牢ぬけしており、庄次郎をそそのかしたのはむしろおつるである。そのために庄次郎は身をほろぼすことになった。さらに庄次郎の破牢と放火の動機を与えたのもおつるであることから、その罪は重く死罪は当然だと主張した。これらをうけて町奉行柳生主膳正はおつるに死罪を申し渡したのである。

伝馬町牢屋敷で死刑が行われる時には、その前夜に町奉行から囚獄石出帯刀まで面紙《つらがみ》と死罪になる罪人についての書付がもたらされた。面紙とは目隠しのための顔にかけ額のところで細縄で縛る半紙のことで、死罪の人数分だけが届けられた。秋の初めのこの日、面紙は一枚のみで、書付にある死罪人名は江戸白金台町たばこ屋女房おつる一名だけだった。

この書付を薬煎所係りの張番が書き写して、翌朝薬を牢内へつかわす時に、女牢の名主深川無宿おつねに手渡された。

牢名主は死罪となる囚人が見苦しく取り乱さないよう心配りをしながら、書付が届いたことを当人に告げるのであるが、おつるは取り乱すことなく静かに聞いた。

刑の執行は日暮れ時である。秋になったとはいえ、まだ日は長い。それまでに、おつねは牢内詰めの女付人や女囚たちに手伝わせて、湯でおつるの身体と髪を洗ってやる。薄化粧をしてやる。あらかじめ用意された白地の帷子《かたびら》を着せ、白布の脚絆を結んでやる。陽が傾く頃になると、女牢から南無妙法蓮華経と題目を唱える声があがる。やがて西奥揚屋、西大牢からも題目を唱える声があがる。江戸幕府は牢内で題目を唱えることは許したが、どういうわけか念仏を唱えることは法度とした。

おつねは張番から密かに差し入れさせてある濁り酒を取り出すと、おつるに椀を持たせて注いでやった。

「おつる、人は何のためにこの世に生まれてくるのかね。女は子を産むためか。男はお家のためか。どちらにしたって、この世には男と女しかいない。女が命を懸けても、めおとになろうというほどの男に巡り会えるとは、この憂き世では滅多にあることじゃないよ。それだけでこの世に生まれた甲斐はあったというものだ。庄次郎が、おまえを待ちわびているだろう。おまえを、抱きしめてくれるだろうよ。さあ、飲んでお行き。庄次郎のもとへ」

おつるは椀の濁り酒を飲みほした。

刻限となり、鍵役同心が女牢の前から呼び出しをした。

「西口揚屋、お仕置き者あり。北町奉行柳生主膳正殿御懸かりにて、江戸白金台町たばこ屋女房つる二十三歳」

牢内から名主おつねが答えた。

「柳生主膳正様御懸かりにて、江戸白金台町たばこ屋女房つる二十三歳、御牢内におりまする。ほかに同所同名のものは御座りません」

おつるは女名主と牢内の一同に両手を畳について辞儀をした。おつる、と声があり、南無妙法蓮華経と題目を唱える声もあった。おつるはよろけながらも取り乱すことなく留口から縁側へ出た。気が動転して牢から出されまいと抵抗する者、狂乱する者、歩行ができなくなる者も少なくなかったのである。

張番がおつるに切縄をかけ終わると、鍵役同心が言った。

「揚屋、大牢、二間牢、ほかに御沙汰はない」

名主のおつねが、

「ええい」と言った。

ついで西の牢屋すべての囚人たちが、

「ええい」と応じた。

練り塀中央にある埋門《うずみもん》の脇に改番所がある。鍵役同心が先導して張番に縄をとられたおつるが従うと、番所の内には北町奉行所の与力加島藤三郎が控えていた。

鍵役がおつるに名前を問うた。

「北の御前様のおかかりになりますす白金台町たばこ屋女房つるにござります」

その名乗りの声はおつるの口の中で弱くつぶやかれたものの、与力加島の耳まで届かなかった。おつるは自分を詮議した町与力がそこに居ることに気づきもしなかった。

「江戸白金台町たばこ屋女房つる二十三歳に間違いないか」

と鍵役が念を押して問い糾した。

「間違い御座りません」とおつる。

与力加島藤三郎は筵に正座したおつるを見下ろしながら書付を読み上げた。

「白金台町たばこ屋女房つる、御老中松平伊豆守殿御指図を承れ。大宮無宿庄次郎牢ぬけかくまいの科により死罪申し渡す」

「立てい」

と厳めしい打役《うちやく》の声がした。打役とは首斬り役人のことである。張番が引いていた縄が手伝い人足の手に渡された。

起ち上がったおつるの目が牢舎前の広い庭全体を見渡した。この庭のどこかに庄次郎の気配はないかと見回した。あたりに夜の陰は濃くなりつつあるが、庄次郎らしい影は見当たらない。空を見上げた。陽は沈んだが空にはまだ昼間の明るさが残っていた。

あの日、家の裏にある水路沿いの路から迎えにやってきた時の庄次郎の姿が脳裏に蘇った。桑名藩の抱え屋敷の方から菅笠を被り旅装束をした庄次郎がやってきて言ったのだ。

「おつる、待たせてしまったが、逢いに来たぜ。おまえも一緒に旅に出るんだぜ」

そうとも。きっと今だって、庄次郎は迎えにきているはずだ。近くに来てるにちがいない。逢いたいよ、庄さん。

北の埋門をくぐり抜けておつるの顔に面紙がかけられた。

「白金台町たばこ屋女房つる二十三歳、大宮無宿庄次郎牢ぬけかくまい候の段、不届きにつき死罪」

とまたしても、くどくどしくおつるの罪科を告げる声。その声の中に庄次郎の名がある。庄次郎、庄次郎。おつるの両腕と首が両側から捉まえられて、押さえつけられた。両膝をつき、上半身が伸ばされた。

その瞬間、おつるの足から背中を熱いものが頭の中まで駆けのぼった。庄次郎だとおつるには分かった。

「ああ、庄さん、おまえだね。おまえがわたしの中にいるんだね。わたしはうれしいよ」

「おつる、おまえも一緒に旅に出るんだぜ」

「うれしいよ、庄さん。つれて行っておくれ。おまえがわたしの中にいてくれるなら、庄さん、あの世がどんなところだろうと、かまやしない。何処へだろうと、おまえがいるなら、わたしはさ……」

切役の刀が振り下ろされた。

わたしは伝馬町牢屋敷の平面図に見えた埋門の姿形がどのようなものだったのか知りたくてその立体絵図を探すうちに、まだ若いたばこ屋女房の死罪の記録に出会った。伝馬町牢屋敷で死罪になった人数は十万人を超えるという。さらに小塚原に遺骸を捨てられた罪人には墓をつくることも禁じられたから、かれらのほとんどはその名前すら残されてはいない。かれらがどんな一生を送ったのか知る由もない。たまたま見つけた『牢獄秘録』の中に、おつると庄次郎という一組の男女がこの世に生きた痕跡がわずかに残されていた。それがこの表の埋門から入って裏の埋門から出て行くまでのかれらの短い物語となった。

あとがき

江戸時代の犯罪、裁判記録の中から題材を得て、二つの小説を書きました。舞台となる過去の時代と平成の現代とを往き来しながら、題材とした資料に記された事実のいくばくかを、過去への扉として一枚一枚開いて、奥へと歩む過程を、そのまま書いてみました。

「中橋稲荷の由来」は江戸北町奉行所が扱った不可解な事件の記録を材に書いた裁判小説です。天保年間の終わりの年に江戸四谷の商家の妻女が精神に異常をきたし、自分は御嶽山先達の祈禱師によって取り憑けられた狐だと云い出して騒動となり、その亭主や町役人たちが祈禱師を奉行所へ訴え出るという事件がありました。奉行所は祈禱師に狐を妻女から離すよう命じますが、祈禱師にはどうすることもできません。ついには祈禱師は拷問を受けて死んでしまいます。それを知って狐は離れることを承知し、そのかわりに自分の魂気を祀る稲荷の小社を建てることを要求します。その場所は現在の地下鉄新宿御苑前駅からすぐのところです。

事件の顚末と同時に、さまざまな資料から当時の奉行所のシステム、裁判制度、さらに事件当時の北町奉行についても調べながら書き進め、さいごは狐のために建てられた稲荷社の所在をたしかめに現場へたずねて行くまでを書いたものです。

「埋門」は、あるとき伝馬町牢屋敷で死罪となった煙草屋の女房について、ごく短い記録を読んだのが執筆の動機です。湯屋で他人の衣類を盗んだという軽い罪で入牢した彼女は、牢内で知り合った無宿人の男と恋に落ちる。すぐに牢を出て白金台の煙草屋に戻るのですが、牢抜けをしてきた男とともに甲州街道を逃げ落ちて行く。甲州郡内で江戸からの追っ手により二人とも捕まり伝馬町牢屋敷で死罪になります。

当時の牢内生活の実態、甲州街道の宿々のようすを、地図をはじめ色々の資料を調べたり、府中、日野から八王子のあたりを実地に歩いたりしながら、二人の命懸けの逃避行を描いてみました。

一枚一枚時代の扉を開きながら、そこに確実に生きた人間の姿をもとめて、過去へと分け入ってゆく作業は、時代小説を書く醍醐味だとあらためて感じています。

平成二十九年三月

森岡　久元

初出誌一覧

中橋稲荷の由来　『別冊關學文藝』四十六号（平成二十五年）
埋門　『別冊關學文藝』五十二号（平成二十八年五月）

森岡久元（もりおか　ひさもと）
昭和15年（1940）生まれ。4歳から18歳まで尾道で生活する。
「姫路文学」「別冊関学文芸」「酩酊船」各同人
著書『南畝の恋―享和三年江戸のあけくれ』（澪標）
　　『崎陽忘じがたく―長崎の大田南畝』（澪標）
　　『花に背いて眠る―大田南畝と二世蜀山人』（澪標）
　　『尾道渡船場かいわい』（澪標）
　　『ビリヤードわくわく亭』（澪標）
　　『尾道物語・純情篇』（澪標）
　　『サンカンペンの壺』（澪標）
　　『尾道物語・幻想篇』（澪標）
　　『恋ヶ窪』（澪標）
　　『十八歳の旅日記』（澪標）
　　『尾道物語・旅愁篇』（澪標）
　　『深夜音楽』（澪標）

埋門《うずみもん》
二〇一七年四月二十五日発行
著　者　森岡久元
発行者　松村信人
発行所　澪　標《みおつくし》
大阪市中央区内平野町二—三—十一—二〇三
電話　（〇六）六九四四—〇八六九
ファクス　（〇六）六九四四—〇六〇〇
振替　〇〇九七〇—三—七二五〇六
印刷製本・亜細亜印刷㈱

定価はカバーに表示しています
落丁・乱丁はお取り替えいたします
ISBN978-4-86078-352-5 C0093